"Dil, insanın kalbinin aynasıdır;
ne varsa kalbinde dilinden o çıkar."

DİL BELASI
İMAM GAZALİ

Ahir Zaman Yayınları: 118
Tasavvuf Kitaplığı: 32

T.C. Kültür ve Turizm Bakanlığı
Sertifika No: 52165

Yayın Yönetmeni: M. Endülüs Özbay
Yayın Koordinatörü: Fatih Alemdar
Editör: Tülin Özçakır
Kapak Tasarım: Murat Karanfil
İç Tasarım: Burhan Maden

Baskı: Yıldız Mücellit Matbaacılık
Maltepe Mah. Gümüşsuyu Cad. Dalgıç Çarşısı
No:3/4 Zeytinburnu/İstanbul
Tel: 0212 613 17 33
Sertifika No: 46025

ISBN: 978-605-7533-54-8
E-ISBN: 978-605-7533-55-5
26-30. Baskı: 2026

internet: www.ahirzaman.com.tr
e-mail: az@ahirzaman.com.tr

AZ Yayıncılık Hiz. San. Tic. Ltd. Şti.
İkitelli Organize Sanayi Bölgesi,
Heskop San. ve Tic. Mrkz. M5 Blok No: 77
İkitelli-Başakşehir-İSTANBUL
Tel - Faks: 0212 512 86 64

AZ YAYIN GRUBU AVRUPA
AZ & PIAR MEDYA VE TEKNOLOJİ BV
Binnendelta 8 A 1261 WZ Blaricum Nederland
www.azboek.com / azboek@gmail.com
Tel: +31 6 393 88 742
Almanya Ofis
Baustraße 32, 47137 Duisburg

AZ YAYIN GRUBU
azkitap

İMAM GAZALİ

DİL BELASI

Ahir
Zaman

İmam Gazâli Kimdir?

İmam Gazâli, 1058 yılında Horasan'ın Tus şehrinde doğdu. Fakir ve eğitim hayatı olmamış bir babanın güzide evladıydı. Babası eğitimsiz olmasına rağmen eğitimin ve ilmin önemini bilen bir insandı. İlim öğrenemediği için üzülen babası, kendi çocuklarının ilim sahibi olmasını büyük bir arzuyla Allah'tan istedi. Allah da salih niyetle yapılan bu duayı kabul etti ve iki oğlu da değerli ilim adamları oldular.

İmam Gazâli ve kardeşi henüz ergenlik çağına gelmeden babaları bu dünyadan göç etti. Vefatından önce babaları, iki oğlunu da bir şeyhe emanet etmişti. Bu şeyh, iki kardeşin bakım ve terbiyeleriyle ilgilendi. Ancak babalarının bıraktığı para tükenince şeyh, onlara eğitim ve bakımın ücretsiz olduğu bir medreseye gitmelerini tavsiye etti.

İlk öğrencilik yıllarında Gazâli, ilk fıkıh bilgilerini Tus'ta Ahmed ibn Muhammed er-Radegani'den öğrendi. O zamanın ilim merkezi Cürcan'a gitti. İmam Ebu Nasr el-İsmaili'nin öğrencisi oldu. Bu imamdan bir süre ders aldıktan sonra tekrar Tus'a döndü. Bu sırada başından geçen bir olayı İmam Gazâli şöyle anlatır:

"Tus'a gelirken kafilemiz eşkiyaların baskınına uğradı. Yanımızdaki bütün eşyaları alarak bizi öylece bıraktılar. Ben de peşlerinden koştum. Eşkiyaların başına yetişip yalvardım:

- Çok rica ediyorum. Allah aşkı için benim ders notlarımı bana geri veriniz. Onlar sizin işinize yaramaz, dedim. Eşkiyaların başı sordu:

- Ne önemi var onların?

Ben de:

- Onlarda öğrendiğim ilimlerin notları var. Cürcan'a gitmiş ve çok emek harcayarak o bilgileri yazmıştım, dedim.

Eşkiya güldü ve şöyle dedi:

- Sen nasıl olur da ilim öğrendiğini iddia edersin? Baksana, defterlerin ve notların olmadan ilimsiz, irfansız kalıyorsun!

Sonra da adamlarına kitaplarımı, defterlerimi getirmelerini söyleyip bana geri verdi. Haydutun söylediği söz üzerinde çok düşündüm. Adam haklıydı. Allah onu, beni irşad için konuşturmuştu. Tus'a döndüğümde, üç yıl boyunca büyük bir gayretle defterlerimdeki notları iyice okudum, bilgileri hafızama işledim. Onları öylesine öğrendim ki defterler ve notlar elimden alınsa da artık ilimsiz kalmayacak hale geldim. Eşkiya bana iyi bir ders vermişti."

Daha sonra Nisabur'a giderek İmamül-Haremeyn'den ilim öğrendi. Bu âlim, sıradan biri değil, zamanının en büyük âlimlerindendi. İmam Gazâli, kendisinden çok şey öğrendi. Öyle ki öğrenme azmi ve yeteneği, zamanla bu hocasını geçmesine sebep oldu. Din ilimlerinin yanında, mantık, felsefe, edebiyat gibi konularda da değerli eserler verecek seviyeye geldi.

İmamül-Haremeyn'in vefatından sonra Nişabur'dan ayrılan Gazâli, Selçuklu Devleti'nin başveziri Nizamül-Mülk'ün yanına gitti. Nizamül-Mülk kendisine büyük ilgi gösterdi. Gazâli'nin yeteneğini ve zekâsını fark eden Nizamül-Mülk, onu Bağdat Nizamiyesi müderrisleri arasına kattı. Bu olay 1091 yılında İmam Gazâli henüz 34 yaşındayken oldu. Zamanının profesörü olan Gazâli'nin medrese hayatı dört yıl sürdü. Dört yıl içinde üç yüzü aşkın değerli öğrenci yetiştirirken şöhreti de giderek artıyor, hem halk hem de devlet erkanı tarafından büyük ilgi ve sevgi görüyordu.

Ancak ilim profersörlüğünün zirvesindeyken manevi bir devrim geçirdi ve bütün bu şöhretiyle beraber parlak hayatını terk etti. Bu durumunu El-Munkızu min el-Dalal (Sapıklıktan Kurtuluş) adlı eserinde kendi ağzıyla şöyle anlatır:

"... Ahiret saadeti için tek yolun, takvaya sarılmak ve nefsin heva ve heveslerinin engellenmesinin olduğunu iyice anlamıştım. Bunun temeli de, gurur evi olan dünyadan uzaklaşıp, ebedilik evi olan ahirete yönelip bağlanmak ve bütün gayretiyle Allah'a yönelerek kalbin dünya ile ilgisini kesmekti. Doğal olarak bu da ancak, mevki ve mal hırsından uzaklaşma, engelleyici meşgale ve ahlâklardan kaçınmakla tamamlanır. Kendi durumuma baktım, bir de ne göreyim! Dünyevi ilgiler içine dalmış, batmışım. Onlar beni her taraftan sarmışlar. İşlerimi gözden geçirdim. Onların en güzeli tedris ve talimdi. Ama bu alanda da ahiret yolu için önemsiz ve faydasız şeylerle uğraşmışım."

"Tedris halkasındaki niyetimi düşündüm. Baktım ki Allah rızası için değil, mevki ve şöhret endişesiyle hareket etmişim... Bu halimle uçurumun kenarında bulunduğuma, eğer durumumu düzeltmek için harekete geçmezsem ateşe yuvarlanacağıma kanaat getirdim. Bir süre sürekli bunu düşündüm. Bir tercih karşısındaydım. Bir gün Bağdat'ı terk etmeye, bu hallerimi değiştirmeye karar veriyor; ertesi gün bu kararımdan dönüyordum. Bir adım atıyor; sonra geri çekiliyordum. Sabahleyin ahirete yönelmek arzu ve meyli içinde uyanıyor, akşamleyin dünya hırsları tekrar saldırıyor ve fikrimden tekrar vazgeçiyordum."

"Dünya arzuları, zincirleriyle beni makam ve mevkiye bağlıyor, iman sesi ise: 'Göç zamanı geldi çattı, ömründen çok az zaman kaldı. Önünde pek uzun bir yolculuk var. Şu zamana kadar elde ettiğin bütün amel ve ilim bir riya ve gösterişten ibarettir. Ahirete şimdi hazırlanmazsan ne zaman hazırlanacaksın? Dünyevi ilgilerini şimdi kırıp kesmezsen ne zaman keseceksin?' diye sesleniyordu. Bunun üzerine içimdeki terk arzusu kuvvetleniyor, kaçmak, uzaklaşmak azmi yerleşiyordu. Sonra şeytan geliyor ve : 'Bu geçici bir hâldir; bu duygulara uymaktan sakın. Çünkü onlar çabuk gelir geçer. Onlara uyar ve bu yüksek mevkii, kimsenin bozamayacağı bu düzenli hayatı, düşmanlarının saldırılarından kurtulup sükûnet ve karar bulmuş bu işi bırakırsan; gün gelir nefsin onu yine arzular, ama dönüş pek kolay olmaz...' diyordu."

"488 senesi Recep ayından itibaren altı ay kadar bir müddet dünya arzularının cazibesiyle ahirete yönelmek ve hazırlanmak düşünceleri arasında bocalayıp durdum. Bir karar veremedim. Ama bu son ayda duruma hakimiyetim elimden gitti. Bana zaruri bir hal geldi. Allah, dilimi bağladı, ders veremeyecek hale geldim. Kendimi zorluyor, gelen öğrencilerin hatırı için ders vermeye çalışıyordum. Ama dilim bir kelime söylemiyor, buna gücüm yetmiyordu. Dilimdeki bu tutukluk, kalbimde de bir hüzün ve keder doğurdu. Bunun etkisiyle hazım kuvveti kalmadı. Yemek ve içmekten kesildim. Boğazımdan ne bir yudum su geçiyor ne de bir lokma yemek yiyebiliyordum. Bedenim takatsiz düşmüştü. Sonunda da doktorlar bu hastalığıma karşı bir ilaç bulup tedavi etmekten ümidi kestiler, çaresiz kaldılar. 'Bu kalbe arız olan bir haldir. Oradan da mizaca bulaşmıştır. Kalbe arız olan hüzün gitmedikçe ilaçla tedavisine imkân yoktur' kararını verdiler."

"Hiçbir şey yapamayacağımı anlayıp, güç ve takatimi kaybedince, çaresiz bir kimsenin sığınışıyla Allah'a sığındım. Çaresizlerin dualarını kabul eden Allah, duamı kabul etti. Mevki, mal, aile, çocuk ve eşten dosttan uzaklaşmayı kalbime kolaylaştırdı. İçimde Şam'a gitme isteği vardı. Ama halifenin ve arkadaşlarımın Şam'a yerleşmeme karşı çıkmalarından çekinerek Mekke'ye gitme arzusunda olduğumu söyledim. Bağdat'ı terk etmek için böyle bir hileye başvurmak zorunda kaldım. Çünkü Irak âlimleri benim bu kararımı eleştiriyorlardı. Çünkü onlar içinde, benim herşeyimi terk edip uzaklaşma kararımın dinî bir sebepten ileri geldiğini kabul edecek biri yoktu. Onlar benim mevkiimin, dinde varılacak en yüksek makam olduğunu zannediyorlardı. Onlar ilimden bunu anlıyordu. Halk ise şaşıp kalmış, çeşitli tahminler ileri sürüyordu. Irak dışındakiler ise, bunu memleketi idare edenlerin isteği sanıyorlardı. Ancak devlet adamlarına yakın olanlar, onların beni bırakmamak için ısrar ettiklerini, üzerime düştüklerini, benimse onlardan yüz çevirdiğimi, sözlerini umursamadığımı görüyor ve: 'Müslümanlara ve âlimler zümresine göz değdi' diyorlardı. Sonunda Bağdat'tan ayrıldım. Kendim ve çoluk çocuğumun geçimine yetecek kısmın dışında kalan mallarımı dağıttım. Sonra da Şam'a gittim…"

İmam Gazâli, Nizamiye Medresesi'ndeki yerine derviş olan kardeşi Ahmed el-Gazâli'yi koyarak şöhretli ve gösterişli hayatını terk etti. Böylece on bir yıl inziva hayatı yaşadı. Bu süre içerisinde Suriye, Hicaz ve Kudüs'te dolaştı ve zaman zaman eserler yazdı. On bir yıllık inziva hayatında kendini bütünüyle ibadete ve nefsine boyun eğdirmeye verdi. Sûfîleri neden beğendiğini halvet döneminde yazdığı el-Münkız adlı eserinde şöyle anlatıyor:

"Bu uzlet hayatı boyunca bana açıklayamayacağım birçok şey aşikâr oldu. Bunlardan faydalanılması için bazılarını anlatıyorum: Sûfîlerin, Allah'ın yoluna girmiş kimseler olduklarını, onların hayat tarzlarının en güzel hayat tarzı, yollarının en doğru yol olduğunu, ahlaklarının ahlakın en güzeli bulunduğunu yakinen anladım. Akıllı insanlar, hikmet sahipleri, şeriatin sırlarına vakıf âlimler, onların hayat tarzlarından ve ahlakından bir şey değiştirmek ve yerine daha iyisini koymak üzere bir araya gelseler, buna bir imkân bulamazlar. Onların dış ve içlerindeki hareket ve duyguların hepsi Nübüvvet kandilinin nurundan alınmıştır. Yeryüzünde Nübüvvet nurundan başka, kendisiyle aydınlanacak bir ışık yoktur."

1105-1106 yıllarında Nizamül-Mülk'ün oğlu ve Selçuklu Sultanı Sancar'ın veziri olan Fahrül-Mülk, İmam Gazâli'ye tekrar medrese hayatına dönmesi için çok ısrar eder. O günlerde İslam dünyası büyük kargaşalar yaşıyordu. Filozoflar, batıniler, rafızîler gibi gruplar dini bozmaya çalışıyorlardı. Müslüman hükümdarlar arasında da post kavgasının başlamış olması durumu daha da kötüleştiriyordu. Bu durum üzerine inzivayı terk ederek yeniden medreseye dönmeye karar verdi. Ancak bu dönüşü, eski haline, yani "şöhretli" haline dönüş değildir. Bu halini el-Münkız'da şöyle ifade ediyor:

"11 sene uzlette kalmıştım. Bu, Allah'ın takdiriyle olmuştu. Bağdat'tan çıkıp, müderrislikten ayrılacağım önceden asla aklımdan geçmemişti. Tekrar müderrislik hayatına döneceğimi, uzlet günlerimde hayal ve hatırımdan geçirmemiştim. Allah, kalpleri ve halleri değiştirendir. Bir hadis-i şerifte: 'Müminin hali, Allah'ın iki parmağı arasındadır (Yani kudreti ve iradesindedir) buyurmuşlardır."

"Eğitim hayatına dönmüş görülüyorsam da aslında dönmediğimi biliyordum. Çünkü dönmek eski hale gelmek demektir. Ben eskiden, kendisiyle mevki elde edilen ilmi yayıyordum. İnsanları söz ve amelimle buna davet ediyordum. Kasıt ve niyetim buydu. Ama şimdi, mevki ve rütbeyi terk ettiren ilme davet ediyorum. Şimdiki amacım ve arzum budur."

"Allah bu halimi bilir. Ben nefsimi ve diğerlerini ıslah etmek istiyorum. Muradıma erişir miyim, yoksa mahrum mu kalırım bilmem. Ama ben, yakin ve müşahedeye varan bir imanla, bir halin değişmesinin, bir işi yapmak gücünün ancak yüce Allah'ın dilemesi ve yardımıyla olacağına inanıyorum. Ben hareket etmedim, ama O beni harekete geçirdi. Ben bir şey yapmadım ama O bana yaptırdı. O'ndan, önce beni ıslah etmesini, sonra benim aracılığımla başkalarını ıslah etmesini, önce bana hidayet vermesini, sonra benim vasıtamla diğerlerini doğru yola kavuşturmasını, bana hakkı hak olarak göstermesini ve ona uymayı nasip etmesini, bâtılı bâtıl olarak gösterip ondan sakınmayı nasip etmesini dilerim."

İmam Gazâli, 1111 yılında Tus'ta vefat etti. Ölünceye kadar dervişane yaşadı. Ama kitap yazmaya ve öğrenci yetiştirmeye devam etti. Fıkıh usulü ilminin en önemli kitaplarından biri olan El-Mustasfa'yı vefatından bir yıl önce yazdı. Ölümü Tus ve bütün İslam dünyasında büyük yankı ve acı uyandırdı. 55 yıllık kısa ömrüne büyük eserler sığdıran İmam Gazâli, Taberan denilen mahallede defnedildi.

Dil Üzerine Kısa Bir Giriş

İnsan yaratıldığından itibaren her türlü ihtiyacını anlatabilmek için dilini kelimeler vasıtasıyla kullanmıştır. Konuşma ve dil ayrılmaz bir bütündür ve insanların en etkili iletişim yoludur. Bu açıdan bakıldığında insan, her türlü duygu ve düşüncesini ifade edebilmek için öncelikle dilini kullanır.

İnsan, fıtratı itibariyle de iyiye ve kötüye meyilli olmakla birlikte iyi huylar edinmesi gerektiğinin bilincindedir. Çünkü Rabbi, insanı dünyaya imtihan için göndermiştir. İmtihanın sırrı da kendisine gönderilen en doğru ve en iyi yol kılavuzu olan Kur'an'ı Kerim'i bir an olsun yanından ayırmamak ve elinden geldiğince ona uymaktır.

Kur'an'ı Kerim'de bize iyi olmak için gayret göstermenin yanında bunun yol ve yöntemleri de anlaşılır bir şekilde ifade edilmiştir. Kur'an'ı Kerim'de kişinin yalnızca kendisini ilgilendiren ibadetlerden bahsedildiği gibi kendisiyle beraber çevresindeki insanlarla ilişkilerini olumlu ya da olumsuz bir şekilde biçimlendirebileceği ibadet ve tavsiyeler de bulunmaktadır. Bunlardan biri insanların günlük yaşamlarında kullandıkları dildir. Dili yalnızca yeme içme, karın doyurma organı olarak düşünmemeyi bize en güzel bir şekilde anlatan büyük âlim İmam Gazali'nin İhya-u Ulumiddin adlı güzide eserinde geçen "Afatil Lisan" yani *"Dilin Afetleri"* adlı bölümüdür.

Büyük âlimin bu eserinden yola çıkarak günümüzde konuşmalarımızda yaşadığımız sorunlara, hatalara ve hatta büyük günahlara değinerek konuşma dilimizi yeniden diriltip; doğrunun, güzelin ve iyi olanın tekrardan dilimizde, özümüzde yani hayatımızda yer bulmasını sağlamak amacımız olmalıdır.

Konuşurken hiç dikkat etmeden, özenmeden yaptığımız hataların bazen büyük sorunlara neden olduğunu düşünmek şöyle dursun ne kadar büyük günahlara kapı açtığının bile çoğu insan farkında değil. Buradan yola çıkarak hayatımızdaki önceliğimiz dilimizde ve konuşmalarımızdaki hataları öğrenerek doğrusunu yaşamak ve böylece mutlu bir hayat sürmektir. Eğer ki dilimizi düzeltebilirsek düşüncelerimizi, davranışlarımızı, kısacası hayatımızı düzeltmiş olacak ve güzel günlere kapı aralamış olacağız.

Dil Belası

Dil, Allah'ın en büyük nimetlerinden ve O'nun zarif sanatlarının en önemlilerindendir. Dilin kendisi küçük ama ibadet ve isyanı büyüktür. Hacim olarak küçük ama hatası büyüktür. Çünkü kulun küfür ve şehadeti ancak dilindeki ifadeden anlaşılır. Küfür, isyanın; iman, ibadetin son derecesidir. Aynı zamanda var olsun, yok olsun; Yaratan olsun, yaratılan olsun; hayal olsun, bilinen olsun; maznun olsun, mevhum olsun, ne varsa dil onu kapsar. Onu ispat veya nefyetmekle ona saldırır. Ya hak ile konuşur ya da batıl ile.

İlmin de kapsamadığı hiçbir şey yoktur. Bu kapsayıcılık, dilden başka hiçbir organda bulunmaz. Örneğin göz, renk ve şekillerden; el cisimlerden başkasını anlayamaz. Diğer organlar da böyledir. Ama dilin alanı geniştir. Onun bir engeli ve imkânının sonu yoktur. Onun hayır ve iyiliklerde geniş alanı olduğu gibi, kötülüklere de götüren yolu vardır.

Dilini bırakıp ona engel olmayanı, şeytan her alanda oynatır. Onu uçuruma iterek helâk olmaya sürükler. İnsanları yüzüstü Cehennem'e götürecek olan dillerinin belâsıdır. Dilin kötülüğünden ancak, onu İslam'a uygun davrandırarak dünya ve ahirette yarayacak sözlerde kullanan, şimdi ve gelecekte tehlikeye sürükleyecek sözlerden uzak tutanlar kurtulabilir.

Dili hangi konularda serbest bırakmanın kabul veya reddedilen olduğunu bilmek kolay değil ve dili böyle istediği şekilde kullanmak zordur. İnsana organlarından en çok isyan edeni dildir. Çünkü o, kolaylıkla istediği yere hareket eder. Onu kullanmakta bir zorluk yoktur. İnsanlar, dilin afet ve sıkıntılarına aldırmaz! Onun hile ve aldatmalarından çekinmiyorlar! Fakat insanı aldatmakta şeytanın en büyük aletlerinden biri dildir. Biz Allah'ın yardımı ve lütfuyla dilin afetlerini açıklayacak, sebeplerini, sınırlarını, sıkıntılarını teker teker ele alarak çözüm yollarını anlatacağız.

Dilin büyük tehlikesi ile sükût etmenin fazileti

Dilin tehlikesi büyüktür ve bundan kurtulmanın tek yolu sükût etmektir. Bu yüzden sükût, İslam dini tarafından övülmüş ve teşvik edilmiştir. Peygamberimiz (s.a.v.) bu konu hakkında şöyle buyurmaktadır:

"Sükût eden kurtulmuştur." (Tirmizi)

"Sükût hikmettir, ama susanlar azdır." (Ebu Mansur)

Ayrıca Abdullah b. Süfyan anlatıyor: "Babam Süfyan, Resûl-i Ekrem'e:

- İslamiyet hakkında bana öyle bir şey öğret ki artık başkasına bir şey sormaya lüzum kalmasın, dedi. Peygamberimiz (s.a.v.) de:

- Allah'a inandım de ve sonra da istikamet et, buyurdu. Süfyan, Peygamberimize:

- En çok neyi sakınayım, diye sordu.

Peygamberimiz de eliyle dilini göstererek:

- *Buna sahip ol,* buyurdu." (Tirmizi)

Ukbe b. Âmir de şöyle anlatıyor: "Resûl-i Ekrem'e, kurtuluş çaresi nedir, diye sorduğumda, Resûl-i Ekrem:

- *Dilini tut, evinde otur ve hatalarına ağla, buyurmuştur."* (Tirmizi)

Yine Peygamberimiz (s.a.v.) bu konuda şöyle buyurmaktadır:

"İki çenesi ile bacakları arasında olan hususta bana kefâlet veren kimsenin, ben Cennet'e girmesine kefil olurum." (Buhari)

Ebu Mansur Deylemi'nin rivayetine göre Peygamberimiz (s.a.v.) başka bir yerde de şöyle buyurmuştur:

"Midesinin, edep yerinin ve dilinin şerrinden korunan kimse, bütün kötülüklerden korunmuş olur."

Muaz (r.a.) Resûl-i Ekrem'e sorar:

- Hangi amel daha kabuldur?

Resûl-i Ekrem dilini çıkarıp, elini dilinin üzerine koyarak dilini göstermiş ve bunu korumanın en makbul bir amel olduğunu söylemiştir. (Taberani)

İbni Ebid-Dünya'nın Enes (r.a)'dan ettiği rivayete göre Peygamberimiz (s.a.v.) şöyle buyuruyor:

"Selamette kalmak isteyen sükûte devam etsin."

Muaz b. Cebel (r.a.) Peygamberimize (s.a.v.):

- Bana bir öğüt ver, der. Peygamberimiz de (s.a.v.)

- Allah'ı görüyor gibi O'na ibadet et ve kendini ölülerden say. İstersen bütün bunları içine alan daha önemlisini söyleyeyim mi? Dilini tut, buyurdu. (Taberani)

Buhari'de geçen diğer bir hadiste Peygamberimiz (s.a.v.) şöyle buyuruyor:

"Allah'a ve ahiret gününe iman eden, ya hayır söylesin ya da sussun."

Taberani'den yine başka bir hadiste Peygamberimiz (s.a.v.) şöyle buyurmuştur:

"Hayır olmayan her sözden dilini çek, ancak bu sayede şeytanı yenersin."

Hatib'in İbni Abbas'tan rivayetine göre Peygamberimiz (s.a.v.):

"Allahu Teala herkesin dilinin yanındadır, yani söylenen her sözü bilir. O halde kişi konuştuğu sözde Allah'tan korksun." buyurmaktadır.

Sahabe ve diğer büyüklerin dil konusundaki fikirleri:

Ebubekir (r.a.) konuşmamak için ağzında çakıltaşı saklardı. Eli ile dilini gösterir ve: "Başıma gelen bütün felaketlerin sebebi dildir" derdi.

Abdullah ibni Mesud (r.a.) ise: "Kendisinden başka hak ilah olmayan Allah'a yemin ederim ki dilden daha çok uzun süre mahkûm edilmeye gerek olan bir şey yoktur." derdi.

Tavus ise dil hakkında: "Dilim yırtıcı bir hayvandır ki onu bırakırsam beni hemen helak eder." derdi.

Hasan, "Dilini korumayan kimse dinini anlamamıştır" diyor.

Yine büyüklerimizden Muhammed b. Vasi de Malik b. Dinar'a: "Ya Eba Yahya, dili korumak, altın ve gümüşü korumaktan daha zordur" dedi.

Ebu Bekir b. Ayyaş da şöyle bir hikâye anlatıyor: "Bir zaman Hint, Çin, Kisra ve Kayser hükümdarları bir yerde toplanmışlar. Sohbet ederken biri:

- Ben konuşmadığıma değil, konuştuğuma pişman olurum, dedi. Diğeri:

- Ben bir söz söylediğim zaman, artık onu emrim altına alamam, o beni emri altına alır. Ama konuşmadığım zaman, o söz benim irademdedir, dedi.

Bir diğeri ise:

- Ben o konuşana şaşarım ki sözü geri dönerse kendisine zarar verir, dönmezse kârı olmaz, dedi.

Sonuncusu da:

- Konuşmayı reddetmek, söylediğini reddetmekten daha kolaydır, dedi."

Bu yazılanlardan da anlaşılacağı üzere yerli yersiz, faydasız, gereksiz, konuşmak yanlış bir davranıştır. Ayrıca bunun bir de ahirette karşılığı olacaktır. Nitekim Rabbimiz Kaf Sûresi'nin 18. ayetinde şöyle buyurmaktadır:

"İnsan hiçbir söz söylemez ki onun yanında (yaptıklarını) gözetleyen (ve kaydeden) hazır bir melek bulunmasın."

Bu nedenle söylediklerimize çok dikkat etmeli, aklımıza gelen her sözü söylememeliyiz. İki düşünüp bir kere söylemeli, hatta bazen söylememeliyiz. Çünkü Peygamberimizin (s.a.v.) *"Sükût eden kurtulur"* sözü bizim en büyük rehberimiz olmalıdır. Peygamberimiz, bir Müslümanın yegane yol rehberi olduğuna göre O'na uymalı, sözlerine kulak asmalıyız. Çünkü O, Allah'ın bize gönderdiği Peygamberdir ve seçilmiştir. Allah'ın bize Peygamber olarak seçtiği insanın söylediğinde şüphesiz ki büyük hikmetler ve faydalar vardır. Bize düşen, Allah'ın ve O'nun Peygamberi olan Hz. Muhammed (s.a.v.)'in söylediklerine elimizden geldiğince uymaktır.

Dilin Birinci Afeti:

Boş Sözler Konuşmak

İnsan hâllerinin en güzeli; gıybet, laf taşıma, yalan, ağız kavgası ve benzeri sözlerden korunarak, kimseye faydası olmayan konuşmalardan uzak olmasıdır. Gereksiz sözlerle meşgul olmak en değerli şey olan zamanı öldürür ve bu yüzden hesaba çekilirsin. Böylece iyi olanı atıp kötü olanı almış olursun. Çünkü sen, değerli zamanını Allah'ın büyüklüğünü ve yarattıklarını düşünmeye harcasan, bu düşünce sırasında daha yararlı olan ilâhî esintiler sana açılabilir. Ya da tehlil (Lâ ilâhe illallah), zikir veya tesbih etsen, yine hakkında daha hayırlı olur.

Öyle sözler olur ki Allah, onun karşılığında Cennet'te bir köşk verir. Bir hazine almaya gücü varken onun yerine faydasız bir boncuk alan elbette aldanmıştır ve zarardadır. Allah'ın zikrini terk edip faydasız mübahlarla meşgul olan böyledir. Mübah ile oyalanırken her ne kadar günah olmasa da Allah'ın zikri sayesinde kazanacağı büyük kârdan mahrumdur ve zarar etmiştir. Çünkü Resulullah (s.a.v.) şöyle buyurmuştur: *"Müminin sükûtu fikir, bakışı ibret, konuşması zikir olur."*

İnsanın en değerli sermayesi zamanıdır. Bunu boş yere harcarsa ve ahiret için çalışmazsa bu en değerli sermayeyi yok etmiş olur. Bunun için de Resulullah (s.a.v.) şöyle buyurmuştur:

"Boş ve faydasız işleri terk etmek, kişinin İslamiyetinin güzelliğindendir." (Tirmizi)

Enes (r.a.) şöyle anlatıyor:

"Uhud Savaşı'nda şehit düşen bir gencin karnına açlıktan taş bağladığını gördük. Annesi yüzünden toprakları sildi ve:

- Ne mutlu sana oğlum, sana Cennet müjde olsun, dedi. Bunun üzerine Resullah (s.a.v.):

- Ne biliyorsun, belki boş sözler konuşur ve kendisine zararı olmayan şeylerden men ederdi, buyurdu." (Tirmizi)

Bu sözleri konuşanlar, sözlerinden dolayı hesaba çekileceklerdir. Her ne kadar konuştukları mübah olsa da hesaplarının zor geçmesi bile bir azaptır.

Ebû Zer (r.a.) diyor ki:

"Resulullah (s.a.v.) bana:

- Sana, bedene hafif ama terazide ağır gelen bir amel öğreteyim mi, buyurdu. Ebû Zer:

- Evet ya Resulllah, deyince Resullah (s.a.v.)

- *O, sükût etmek, güzel ahlâka sahip olmak ve lüzumsuz şeyleri terk etmektir,* buyurdu." (İbni Ebid Dünya)

Mücahid anlatıyor: İbni Abbas:

"Beş hafif şey var ki bunlar, değerli bir Arap atından daha iyidir. Bunlar: üzerine vazife olmayan ve sana faydası dokunmayan şeylerde konuşmamak, çünkü bu, boş bir iştir ve zararından emin değilsin. Yerini bulmadıkça lüzumlu olan sözü de konuşma. Çok kere faydalı söz yerini bulmaz da kaybolur gider. Ne yumuşak huylu ne de zevkine düşkün, ahmak kimselerle mücadele etme! Çünkü yumuşak huylu kalbinden sana nefret besler. Zevkine düşkün ve ahmak kimseler de diliyle eziyet eder. Tanıdığın birinin yanından ayrıldığın zaman seni nasıl anmasını istersen sen de onu öyle an. Sen, affedilmeyi istediğin konularda sen de onu affet. Kardeşinin sana nasıl davranmasını istersen sen de ona öyle davran."

Hz. Ömer (r.a.) ise bu konuda şöyle demiştir:

"Üzerine vazife olmayan şeye karışma, düşmanından uzaklaş, dostundan sakın, ancak güvenilir bulduğunla bir araya gel. Güvenilir kimse, Allah'tan korkan kimsedir. Günahkâr ile sohbet etme, kötülüğü sana da bulaşır. Sırrını da ona verme, işinde Allah'tan korkan kimselerle istişare et."

Yararsız sözün sınırı, sükût etmekle günahkâr olmadığın ve hiçbir şekilde zarar görmediğin sözleri konuşmaktır. Örneğin, bir toplumdayken seyahat hatıralarını, yolculukta gördüğün orman, dağ, ova, şehir ve ırmak gibi şeyleri, karşılaştığın durumları, hoşuna giden veya gitmeyen yönleri ve gördüğün bazı kişileri anlatmak gibi. Bunlar anlatılmasa da bir şey olmaz. Ayrıca gördüklerine eklemek veya gördüklerinden eksiltmek de doğru değildir. Böyle yerler gördüm diye onu süslemek de yanlıştır. Kimsenin gıybeti yapılmamalıdır. Allah'ın yarattıklarını yermemek şartıyla bile bunlardan bahsetmek yararsızdır. Bu tür şeylerle zaman tüketilmemelidir.

Üzerine vazife olmayan şeyleri sormak da yararsızdır, boş iştir. Çünkü bununla zaman kaybediyorsun. Sorduğun sorunun cevabını beklerken bile zaman kaybediyorsun. Zararın bu kadarı, soruda afet olmadığı zamandır. Oysaki soruların çoğunda bu sıkıntı vardır. Örneğin, birisi birine yaptığı ibadetten sorar ve "oruçlu musun?" derse, adam: "evet, oruçluyum" derse ibadetine gösteriş karışma ihtimali doğuyor. Gösteriş karışmazsa da ibadetin gizli olmasının önemi kaybolabiliyor. Çünkü gizli ibadetler aşikâre yapılanlardan çok daha değerlidir. Oruçlu olduğu halde "değilim" dese bu sefer de yalan söylemiş olur. Soruyu cevapsız bırakınca da yanlış davranmış olur. Kaçamaklı cevap vermeye çalışsa çok yorulmuş olacak. Bundan dolayı birine ibadetinden dolayı soru sormak o kişiyi ya riyaya, ya yalana ya soran kişiyi tahkire veya bir sürü zahmete sokmuş olacak.

İsyanından ya da duyulmasını istemediği gizli bir şeyden sorman da aynı sonucu doğuracaktır. Başkasının söylediği bir şey hakkında adama soru sorup, sen ne dersin demek de bu gruba girer. Bunun yanında yolda karşılaştığın birine; kimsin, nerden geliyorsun demek de aynıdır. O kişi belki bunu açıklamak istemeyecek, utanacağı sebepleri var. Bu yüzden de yalan söylemek zorunda kalırsa sebebi o soruyu soran kişi olur. Bu tür boş sözler hem günahtır hem de zararı vardır.

Asıl faydasız sözün örneği Lokman-ı Hakîm ve Davud Peygamber (a.s.) arasında geçen şu olaydır: Lokman-ı Hakîm, Davud Peygamberin (a.s.) yanına gider. Davud Peygamber (a.s.) de demirden bir zırh yapıyordu. Lokman daha önce böyle bir şey görmediği için ne olduğunu sormak ister. Ama hikmeti, ahlâkı buna engel olur ve bir türlü soramaz. Davud Peygamber (a.s.) zırhı bitirip onu giydiğinde: "Bu zırh savaş için güzel bir zırh oldu" deyince Lokman: "Sükût hikmettir, ama susmasını bilenler azdır," demiştir.

Buna benzer zararı olmayan, gizliliği açığa çıkarmaya sebep de olmayan, gösteriş ve yalana insanı sürüklemeyen sorular, boş sözlerdir. Bunları da terk etmek, kişinin İslamiyetinin güzelliğindendir.

Boş sözleri konuşmanın sebebi, ihtiyacı olmadığı bilgileri bilmeye arzu duymak ve faydasız hikâyelerle zaman öldürmektir. Bundan kurtulmanın çaresi de ölümün kaşla göz arasında olduğunu, söylediği her sözden sorumlu olacağını bilmesidir.

Dilin İkinci Afeti:

Gereğinden Fazla Konuşmak

Gereğinden fazla konuşmak da boş bir iştir. Çünkü iki kelime ile anlatılabilecek şeyleri uzun uzun anlatmak mümkündür. Ama iki kelime ile anlatılabilecek şeyler daha fazla kelime ile anlatınca iki kelimeden fazlası da gereksiz, boş yere konuşmak oluyor. İhtiyaçtan fazla konuşmak günah ve zararı olmasa bile bu davranış yerilmiştir.

Atâ b. Ebû Rebâh şöyle anlatıyor: "İlk Müslüman olanlar gereksiz sözlerden hoşlanmaz ve onları çirkin görürlerdi. Allah'ın kitabı, Resulullah'ın (s.a.v.) sünneti, iyiliği emretmek, kötülükten sakındırmak ve geçim için söylemesi gerektiği sözlerden başka her sözü, fuzuli kabul ederlerdi. Siz, sağınızda solunuzda oturup ağzınızdan çıkan her sözü yazan ve sizi koruyan yazıcı melekleri unuttunuz mu? Sizden biriniz, dünyada ömrü boyunca doldurduğu amel sayfaları Allah huzurunda açılıp çoğunun ne dünya ne de ahirete yarayan kusurlu sözler olduğunu görmesinden utanmaz mı?"

Fuzuli sözler belli değildir. Ancak önemli olanları Kuran'ı Kerim'de anlatılmıştır. Allah, Nisâ Sûresi'nin 114. ayetinde şöyle buyuruyor:

"Onların fısıldaşmalarının çoğunda hayır yoktur. Ancak sadaka vermeyi veya bir iyiliği işlemeyi veya insanların arasını düzeltmeyi emreden başka."

Peygamberimiz (s.a.v.) de şöyle buyuruyor:

"Müjde o kimseye ki sözünün fazlasını tutmuş ve malının fazlasını infak etmiştir." (Bezzar Enes'ten rivayet etmiştir.)

Mücahid şöyle diyor:

"Ağzından çıkan her söz yazılır, hatta kul, çocuğunu susturmak için: 'Dur, ben sana şunu alacağım' der de sonra almazsa yalancılardan yazılır."

İbrahim Teymi şöyle anlatıyor: "Mümin konuşacağı zaman sözüne bakar, lehinde ise söyler, aleyhinde ise konuşmaz. Ama günahkâr böyle değildir, ağzına her geleni birbiri peşinden salıverir gider."

Hasan Basri de: "Çok konuşanın yalanı çoğalır. Malı artanın günahı artar. Kötü huylu olanın nefsi sıkıntı içinde olur," demiştir.

Hakîmlerden biri çok konuşmak üzerine; "Sizden biriniz herhangi bir toplulukta canı konuşmak isterse, konuşmasın.

Sükût ettiği zaman, sükût etmek hoşuna gidiyorsa, işte o zaman konuşsun!" demiştir.

Bu tür fazla konuşmalardan kurtulmanın yolu yine bunun bilincinde olarak ağızdan çıkan her sözün kaydedildiğini düşünerek konuşmak ve ölümün her an yanımızda olduğunu unutmamaktır.

Dilin Üçüncü Afeti:

Bâtıla Dalmak

Bâtıla dalmak da günah olan sözleri anlatmaktır. "Falan kadına şöyle dedim, o da bana şöyle dedi" gibi kadınların hikâyelerini anlatmak, "falan masa başında şöyle kavga oldu" diyerek içki masalarından bahsetmek, zenginlerin zevk ve sefasından konuşmak gibi. Bunların hiçbirinden anlatmak helal değildir, belki haramdır. Lüzumsuz sözlere, gerekli sözlerin de çoğuna gelince, bunlarla meşgul olmak haram olmasa bile onları terk etmek daha iyidir. Çünkü bunlarla uğraşan kimse günaha düşmekten emin olamaz. İnsanların çoğu, zevkle konuşmak için bir araya gelirler ama insanlar hakkında dedikodu yapmaktan ve günaha düşmekten güvende olamazlar.

Allah, bu konuda şöyle uyarıyor:

"Bâtıla dalanlarla biz de dalardık." *(Müddessir, 75)*

"Başka söze dönünceye kadar onlarla bir arada oturmayın, yoksa siz de onlar gibi olursunuz." *(Nisâ,40)*

Resulullah (s.a.v.) ise şöyle buyurmuştur:

"Kıyamet günü insanların en büyük hatada olanları, dünyada en çok bâtıla dalanlarıdır." *(Taberani)*

Dilin Dördüncü Afeti:

Kavga, Başkasının Sözüne İtiraz ve Mücadeledir

Söze itiraz etmek ve bu konuda mücadele etmek yasaktır. Peygamberimiz (s.a.v.) şöyle buyurmuştur:

"Kardeşine itiraz etme, onunla boş konuşma ve şaka yapma, ona bir söz verip de sonra ondan cayma." *(Tirmizi)*

"İtirazı terk edin; zira onun hikmeti anlaşılmaz ve fitnesinden emin olunmaz." *(Taberani)*

"Haklı olduğu halde mücadeleyi terk eden kimse için Cennet'in ortasında bir köşk inşa edilir. Haksız olduğu halde mücadeleyi terk eden içinse, Cennet'in kenarında bir ev inşa edilir." *(Taberani)*

"Putperestlik ve içkiden nehyettikten sonra Rabbimin beni ilk nehyettiği ve benden aldığı ilk muahede (söz), dedikodu ve mücadeleden kaçınmaktır." *(Taberani)*

"Kul, haklı da olsa mücadeleyi terk etmedikçe, imanını kemale erdiremez." *(Ebu Hureyre)*

Büyüklerin Münakaşayı Terk Etmek Konusundaki Nasihatleri:

İsa Peygamber (a.s.): "Yalanı çok söyleyenin güzelliği, insanlarla inatlaşanın da iyiliği gider. Meşgaleyi çoğaltanın vücudu hastalanır. Ahlâkı kötü olanın da daima canı sıkılır ve sıkıntı içinde kalır.

Hz. Ömer (r.a.): "Üç şey için ilim öğrenme ve üç şey için de ilmi terk etme! Mücadele, övünmek ve riya için ilim öğrenme! Öğrenmekten utanarak veya gerek yok ya da bilmesem de olur diyerek de ilmi terk etme!"

Zübeyr (r.a.) oğluna: "Oğlum, Kur'an hakkında insanlarla mücadele etme! Sen onlara güç yetiremezsin. Ama sen sünnete devam et. Onunla mücadele edebilirsin," derdi.

Mâlik b. Dinar: "Mücadelenin dinde yeri yoktur. Mücadele kalbi katılaştırır ve kini uyandırır."

Bilal b. Sa'd: "İnatçı, mücadeleci ve kendini beğenen bir kimseyi gördüğün zaman, bil ki o, her yönden zarardadır."

Ebi Leyla: "Ben arkadaşımla mücadele etmem. Çünkü mücadelede ya o beni yalancı çıkaracak veya ben onu kızdırmış olacağım."

Mira; her ne şekilde olursa olsun, başkasının sözüne itiraz etmek demektir. Cümlede, telaffuzda, anlamda ve amaçta 'şu kusur, bu kusur, öyle değil böyledir' şeklinde itirazdır. Mirayı terk etmek için her türlü itiraz ve inkârı terk ile mümkündür. Dinleyip duyduğun her söz doğru ise, onu hemen kabul etmelidir. Şayet din ile ilgili değil de yalan ve batıl bir söz ise, ona da susmalıdır.

Mücadelenin maksadı başkasını mat etmektir. Amaç onu sözlerinde küçük düşürmek, cahillikle suçlama ve kusurlu tanıtmaktır. Bunun sonucu da gerçeği ortaya çıkarır gibi çalışırken, diğer yandan karşısındakinin kusurunu ortaya koyarak onu küçük düşürüp kendini büyük göstermektir. Bu durumdan kurtulmak, susmasında günah olmayan her mücadelede yani tartışmada susmakla mümkün olur.

İnsanı bu kötü mücadeleye sürükleyen şey, kendi ilim ve faziletini ortaya koymakla bir üstünlük kazanarak, başkasının kusurunu göstermek amacıyla ona saldırmaktır. Bunların ikisi de nefsin gizli ve güçlü arzularındandır. Çünkü faziletini açığa çıkarmak, kendi faziletini hatırlatmak olur. Bu da böbürlenme ve üstünlük iddiasıdır. Halbuki kibir ve yükseklik, Rab olmanın vasıflarıdır.

Başkasını küçük düşürme arzusu da *"yırtıcılık"* huyuna aittir. Çünkü insandaki bu yırtıcılık özelliğinde başkasını parçalamak, kırmak ve eziyet etmek vardır. Bu iki özellik yerilen kötü sıfatlardandır. Bunların silahı, itiraz ve mücadeledir. İtiraz ve mücadeleye devam eden kimse, bu tehlikeli halleri artırmış olur. Bu davranış çok ileri giderse isyan ve günaha sürükleyebilir. Bu yüzden mücadele insanlar için eziyettir ve öfkeyi artırmaktan başka bir işe yaramaz. Bu öfke ve hiddet de karşısındakini alt etmek için insana bütün enerjisini harcatır.

Bunlar bir tür hastalıktır. Bu hastalıkları tedavi etmenin yolu bunların sebeplerini yok etmektir. Başkasını küçük görmeyi ve kibri ortadan kaldırmadan bu hastalıktan kurtulmak oldukça zordur.

Bu mücadelelerin en kötüsü itikat ve mezhep konularındaki münakaşa ve üstün gelmek için yapılan tartışmalarda görülür. Çünkü bu tartışma fıtrî bir haldir. Bir de bunda sevap olduğu sanılırsa üste çıkma, mücadele hırsı artar. Hem tabiatı hem de şeriat kendisini tahrik eder. Bu büsbütün hatadır. İnsana yakışan, kıble ehlinden dilini çekmektir. Çünkü bu tartışmaya girişmek, karşısındaki adamı şaşırtır, yapılan mücadelede üstünlük sağlamayı maharet sayar. Böylece tartışma huyu kendisine yerleşmiş olur. Bunun yerine gizli nasihat yolu ile uyarmaya çalışmalıdır. Nasihatın fayda vermeyeceği anlaşılırsa insan oradan ayrılmalıdır. Peygamberimiz (s.a.v.) bu konuda şöyle buyurmuşlardır:

"Dilini ehl-i kıbleden çekip, onları ancak gücünün yettiği en güzel şekilde uyaran kimseye Allah rahmet etsin." *(İbn-i Ebi'd-Dünya)*

Dilin Beşinci Afeti:

Husumet Etmek

Husumet, yerilen bir davranıştır. Bu aynı zamanda sürekli mücadele ve itiraz etmenin sonucudur. Çünkü itiraz, birini herhangi bir kusurundan dolayı küçük düşürmek ve kendisini üstün göstermek için ona dokundurmaktır. Tartışma ise kendi inandığını açıklamak ve yerleştirmek için yapılan münakaşadır. Husumet ise bir mal veya hak iddiası ile ilgili sözünde inat ve ısrarcıdır. Bütün bunlar sevilmeyen davranışlardır. Peygamberimiz (s.a.v.) bu konuda şöyle buyuruyor:

"Allah katında en sevilmeyen erkekler, mücadelede ısrar edenlerdir." *(Buhari)*

"Husumetlerde cahilce mücadele eden kimse, bu mücadelesinden vazgeçinceye veya ölünceye kadar Allah'ın gazabındadır." *(İbn Ebi'd-Dünya)*

İbn Kuteybe şöyle bir olay anlatıyor:

"Abdullah'ın oğlu Bişr bir gün bana uğradı ve bana sordu:

- Neden burada oturuyorsun?

- Amcamın oğluyla bir anlaşmazlığımız var, onun için bekliyorum, dedim.

Bişr:

- Babanın bana çok iyiliği oldu, ben de sana iyilik yapmak isterim. Beni dinle; vallahi husumetten daha çok kalbi meşgul eden, huzuru bozan, mürüvveti gideren ve dini mahveden bir şey bilmiyorum, dedi. Ben de bu söz üzerine oradan ayrılmak üzere ayağa kalktım. Amcamın oğlu:

- Nereye gidiyorsun, diye sordu. Ben de:

- Davamdan vazgeçtiğimi kendisine söyledim. O:

- Benim haklı olduğumu anladın da ondan mı vazgeçtin?

- Hayır, kendi nefsime ikram olarak vazgeçiyorum, dedim. Bunun üzerine hasmım:

- Ben de senden bir şey istemiyorum, senin olsun, dedi."

Ancak haklı bir kimse, haksızlığa uğradığı zaman hakkını aramalı ve davacı olmalıdır. Kabul edilmeyen ve yerilen husumet, bilgisizce ve haksız olarak yapılandır. Maksadı karşısındakine sıkıntı vermek olanların husumeti haksızdır. Haksızlığa uğrayan makul bir yolla mutlaka hakkını aramalı ve ölçülü davranmalıdır.

Husumetler, her kötülüğün başlangıcıdır. İtiraz ve kavga da bunun gibidir. Bu yüzden zorunlu olmadıkça bu yollara gidilmemelidir. Hakkını ararken güzel ve tatlı dille konuşma hassasiyetini göstermelidir. Çünkü Peygamberimiz (s.a.v.):

"Güzel söz ve yedirmek Cennet'e girmenizi kolaylaştırır." *(Taberani)*

"Cennet'te, içi dışından ve dışı içinden görülen köşkler vardır. Allah onları yemek yediren ve yumuşak konuşanlar için hazırlamıştır." *(Tirmizi)*

"Bir hurmanın yarısı ile de olsa, ateşten korunun. Bunu da bulamazsanız tatlı dil ve güzel söz ile korunmaya çalışın." *(Buhari ve Müslim)*

Ayrıca Kuran'ı Kerim'de de şöyle buyurulmaktadır:

"İnsanlarla güzel konuşun." *(Bakara Sûresi, 83)*

"Size bir selam verildiği zaman, ondan daha iyisiyle selam verin veya aynısıyla karşılık verin." *(Nisâ Sûresi, 86)*

Hz. Ömer (r.a.) da bu konuda: "Aslında iyilik kolay bir şeydir. Güleryüz ve yumuşak söz bunu temin eder," demiştir.

Yine büyük zatlardan biri: "Yumuşak ve tatlı söz, âzalarda gizlenmiş kin kirini temizler," demiştir.

Başka bir büyük zat ise: "Rabbini gazaplandırmayıp arkadaşını memnun edecek söze cimrilik etme. Böyle bir sözden ihsan edenlerin sevabını alman muhtemeldir," demiş.

Dilin Altıncı Afeti:

Sözün Derinliğine Dalarak Sözü Uzatmak

Ağzı eğip bükerek kafiye yapmak, edebiyat yapacağım diye yapmacık davranışlarda bulunarak amacını ima ve üstü kapalı bir dokundurma yaparak konuşmak da dilin afetlerindendir. Bütün bu gerçekçi olmayan yapmacık hareketler, konuya girmeden gereksiz uzatmalarla mevzuya girmek, yerilen ve onaylanmayan davranışlardır. Bunlara tekellüf (üstlenme) denir. Peygamberimiz (s.a.v.) bu konuda şöyle buyurmuştur:

"Ben ve ümmetimin müttakileri (Allah'tan korkarak günahtan sakınan) tekellüften, böyle yapmacık hareketlerden beriyiz." *(Buhari)*

"Benim için en sevimsiz ve meclisimden en uzak olanınız, kendini beğenip ağzını sağa sola yayarak edebiyat yapmaya kalkışan ve lafı uzatan kimselerdir." *(Ahmed, Ebû Sa'lebe'den rivayetle)*

"Dikkat edin, derin sözlere dalıp lüzumsuz yere lafı uzatanlar helâk olmuşlardır." *(Müslim)*

"Bir zaman gelecek, insanlar sözlerini ağızlarında, ineklerin otu gevelemeleri gibi geveleyip duracaklar." *(Ahmed rivayet etmiştir)*

Sözü geveleyip durmamalıdır, ne söylenecekse kısaca söylenmelidir. Sözü uzatmak da dilin afetlerinden sayılmıştır. Yapmacık sözlere ve mübalağalı girişlere gerek yoktur. Lazım olan; sözün manaya sahip olması, onu anlatmasıdır.

Ancak hitabette sözleri düzeltmek, aşırıya gitmeden ve anlaşılamayacak kelimeler kullanmadan güzel sözler konuşmak, sözü uzatmaya girmez. Çünkü hitabet ve bir konuyu anlatmadaki amaç, kalpleri harekete geçirmek, teşvik etmek ve gönülleri yumuşatmaktır. Güzel anlatımın etkisi büyüktür. Ama bir ihtiyacı anlatmak için lafı uzatmak bu durumun dışındadır. Bir ihtiyaç için lafı uzatmaya, edebiyat yapmaya gerek yoktur.

Dilin Yedinci Afeti:

Fuhuş, Sövmek, Kötü Dil ve Çirkin Sözlülüktür

Kötü söz söylemek, fuhuş konuşmak ve sövmek gibi çirkin konuşmalar yapmak da kınanmıştır. Peygamberimiz (s.a.v.) bu konuda pek çok uyarıda bulunmuştur:

"Aman aman, fâhiş, açık ve çirkin sözlerden kaçının; çünkü Allah çirkin sözleri ve fâhiş konuşmaları sevmez." *(Nesaî)*

"Mümin tân etmez (sövmez), kimseye dokunmaz, lânet etmez, fâhiş söz söylemez ve kimseyi yermez." *(Tirmizi)*

"Cennet fâhiş konuşan ve çirkin söz konuşanlara haramdır." *(İbn Ebi'd-Dünya)*

"Yaramaz ve fâhiş sözler, nifakın dallarından birer daldır." *(Tirmizi)*

"Allah, sokaklarda dolaşıp aşikâre fâhiş ve çirkin söz söyleyenleri sevmez." *(İbn Ebi'd-Dünya)*

"Fuhuş ve karşılıklı fâhiş söz sarf etmenin İslâmiyette yeri yoktur. İslâmiyet bakımından insanların en güzeli ahlâkı en güzel olanıdır." *(Ahmed ve İbn Ebi'd-Dünya)*

Fuhuş, çirkin sözleri açıkça ifade etmektir. Bunlar genellikle cinsel ilişki ve bununla ilgili sözlerdir. Bozuk insanların bu konuda kullandıkları çok çirkin ve çok açık tâbirleri vardır. Oysaki salih insanlar bunlardan çok çekinirler, korku ve utanç duyarlar. Bunları kinaye, rumuz veya ima ile anlatırlar. Mesala cinsel ilişkiyi "temas" olarak ifade ederler. Bu fâhiş kelime değildir. Ama bunların karşısında çok açık ve fâhiş kelimeler var ki onları anmak dahi çirkindir. Bunların çoğu sövüp saymakta ve ayıplamakta kullanılır. Bu davranışlar yerilmiş ve kınanmıştır. Tuvalet ile ilgili şeylerden de bahsetmek doğru değildir. Kısaca gizli yapılan her şeyi açık ve net bir şekilde ifade etmek fuhuş sözlere girer.

Yine Peygamberimiz (s.a.v.) şöyle buyurmuştur:

"Allah'tan kork, takvaya devam et, bir kimse sende bildiği bir kusurdan dolayı seni ayıplarsa, sen onda bildiğin kusurdan dolayı onu ayıplamaya kalkışma; günahı onun, sevabı ise senin olur. Ve kimseye kötü söz söyleme." *(Taberani)*

"Mümine sövmek fısk, mümini öldürmek ise küfürdür." *(Buhari ve Müslim)*

"Karşılıklı birbirine sövenlerin günahı, mazlum taraf başlayıncaya kadar, ilk defa başlayanadır." *(Müslim)*

"En büyük günahlardan biri de kişinin annesine babasına sövmesidir." buyurduğunda oradakiler, "İnsan hiç annesine babasına söver mi?" diyenlere: "Kendisi başkasının babasına küfreder, başkası da onun babasına küfreder." diye buyurdu. *(Taberani)*

Dilin Sekizinci Afeti:

Lânet Etmek

Lânet etmek, ister insan, ister hayvan ve ister bitki olsun, kınanan bir davranıştır. Peygamberimiz (s.a.v.) lânet etmek konusunda şöyle buyuruyor:

"Allah'ın gazabı, Allah'ın lâneti ve Cehennem ile lânetleşmeyin." (Tirmizi)

"Lânet ediciler kıyamet günü ne şefaatçi ne de şahit olurlar." (Müslim)

Hz. Aişe (r.a.) şöyle anlatıyor: "Hz. Ebubekir (r.a.) kölelerinden bazılarını lânetliyordu. Resuli Ekrem, ona dönerek:

"Ya Ebubekir, hem doğruluk hem de lânet edicilik bir arada olur mu? Kâbe'nin Rabbine yemin ederim ki olamaz!" buyurdu. Bunun üzerine Ebubekir, kölelerini azad etti ve bir daha lânet etmeyeceğine dair Resuli Ekrem'e söz verdi. (İbn Ebi'd-Dünya)

Lânet, Allah'tan kovulmak ve uzaklaştırmak anlamındadır ki bu, ancak Allah'tan uzaklaşmayı gerektiren sıfatlara sahip olduğu zamandır. Başka şekilde caiz değildir. O sıfatlar da küfür ve zulüm nitelikleridir. Örneğin: "Allah'ın lâneti zalimler veya kâfirler üzerine olsun" gibi. Burada da şeriatin lafzına uymalıdır. Çünkü lânette büyük tehlike vardır. Çünkü lânet, Allah'ın rahmetinden uzaklaştırıldı diye Allah'a karşı bir hükümdür. Bu da gaybdır, bilinemez. Gaybı da Allah'tan başkası bilemez. Ancak Allah bildirmişse Peygamberi de bilebilir.

Laneti Gerektiren Sebebler:

1- Genel olarak lânetlemedir. Genel bir ifadeyle "Allah'ın lâneti kâfirler, bid'at (aslında olmayan, sonradan uydurulan şeyler) sahipleri ve fâsıklar (günahkârlar) üzerine olsun" şeklindedir.

2- Genelden daha dar anlamda özel nitelikli lânettir. Yahudilere, Hıristiyanlara, Mecusilere, Kaderiye, Havariç, Ravafiz, zina eden erkek, zalim ve faiz yiyenlere lânet olsun, gibi. Bunların hepsi caiz olmakla birlikte bid'at sahiplerinin özelliklerini lânetlemek tehlikelidir. Çünkü bid'ati bilmek zordur. Bu konuda açık bir rivayet yoktur. Yapılması gereken, herkesin bunu yapmasını engellemektir. Çünkü bu, misliyle karşılaşmayı gerektirir. Yani o da seni, bid'at sahibi kabul ederek lânet eder ve bu da tartışmalara sebep olur.

3- Belli bir kişiyi lânetlemedir ki bu, çok tehlikelidir. Mesela Süleyman'a Allah lânet etsin, o kâfirdir, fâsık veya bid'at sahibidir, demek gibi. Bu sözler doğru değildir. Ancak şer'an lânet sahibi olan kimseyi lânetlemede sakınca yoktur. Allah'ın lâneti Firavun ve Ebu Cehil'in üzerine olsun, demek gibi. Bunların küfür üzere öldükleri sabit ve şer'an bilinmiştir. Ancak bugün birisi için bunu söylemek çok yanlıştır. Çünkü bir Yahudiye lânet okudunuz diyelim, bu Yahudi, Müslüman olarak ölebilir. Bunun lânetlenmesi nasıl doğru olabilir?

Ancak, şimdi kâfir olduğu için lânetlenir. Müslüman da ileride dinden çıkma ihtimali olduğu halde şimdi Müslüman olduğu için "Allah rahmet etsin" demek doğru olduğu gibi kâfiri de lânetlemek doğrudur dersen:

Bilmiş ol ki Müslümana "Allah rahmet etsin" demek, rahmete vesile olan İslâm dininde ve ibadette Allah onu sabit kılsın demektir. Ama kâfir hakkında, lânete sebep olan kötü haline Allah onu sabit kılsın mümkün değildir. Çünkü bu küfrü istemektir. Küfrü istemek de küfürdür. Sadece küfür halindeyken "Allah lânet etsin", Müslüman olursa "lânet etmesin" denir. Bu ise bilenemez bir haldir. Gaybı da ancak Allah bilir. Mutlak olan iman ile küfür arasında olan tereddüttür. Bu yüzden lânet etmek tehlikelidir, lâneti terk etmek ise tehlikeli değildir.

Bu sebeple kâfir olsun, fâsık olsun, acemi hakkında lâneti terk etmek daha iyidir. Belli bir kişiyi lânetlemek tehlikelidir. Çünkü her an halinde değişliklik olabilir. Bu konuda şu olay iyi bir örnektir:

Nuayman adında biri defalarca içki içti ve her defasında Peygamberimizin (s.a.v.) huzurunda cezalandırıldı. Ashaptan biri: Lânet olası ne çok içiyor, deyince Peygamberimiz:

- Kardeşin hakkında şeytana yardımcı olma, diğer bir rivayette de:

- Böyle deme, çünkü o Allah ve Resulünü sever, buyurmakla içki içen bu adamı lânetlemekten men etmiştir.

İşte bu olay, belli bir fâsıkı bile lânetlemenin caiz olmadığını bize gösteriyor. Bu konuda Peygamberimiz (s.a.v.) şöyle buyuruyor:

"Bir kimse, bir kimseyi küfür veya fısk ile itham eder de itham edilen kimse böyle olmazsa bu itham, itham edene döner." *(Buhari)*

"Bir kimse bir adamın küfrüne şahitlik ederse, bunlardan biri kâfir olur. Şayet küfrüne şahitlik ettiği kimseler kâfir ise, dediği gibidir. Kâfir değilse, o zaman onu tekfir edenin kendisi kâfir olur." *(Ebu Mansûr Deylemi)*

Muaz (r.a.) diyor ki; "Resulullah (s.a.v.) bana:

"Müslümana kötü söylemekten ve adil hükümdara isyan etmekten seni nehy ederim." buyurdu. *(Ebu Nuaym)*

"Ölüler hakkında konuşmayınız, çünkü onlar takdim ettiklerine ulaştılar." *(İbni Mübarek)*

“Ölülere kötü söylemeyin, çünkü bu sebeple hayattaki yakınlarını incitmiş olursunuz.” *(Tirmizi)*

“Ey insanlar! Ashabım, kardeşlerim ve yakınlarım hakkında beni düşününüz ve onların aleyhinde konuşmayınız. Ey insanlar! Biri öldüğü zaman onun kötülüklerini değil iyiliklerini anınız.” *(Ebu Mansûr)*

Hz. Hüseyin'i öldürene veya öldürülmesini emredene “Allah lânet etsin” demek caiz mi diye sorarsan deriz ki:

Burada en doğrusu, Hz. Hüseyin'i öldüren ve öldürülmesini emreden kişinin tevbekâr olarak ölüp ölmediğinin bilinmesidir. Tevbesiz öldüyse lânet edilmesi caiz olur. Ancak tevbe etmişse caiz olmaz. Örneğin Vahşi de kâfir iken Peygamberimizin (s.a.v.) amcası Hz. Hamza'yı öldürmüştü. Sonra tevbe etmişti. Bu yüzden Vahşi için lânet etmek caiz olmaz. Adam öldürmek büyük günah olmakla beraber küfür değildir. Yani o da tevbe edebilir. Bu yüzden tevbe etmemişse şartını koymadan Hz.Hüseyin'i öldüren veya öldürme emrini verene lânet olsun demek doğru değildir. Oysa lânet etmemekte tehlike yoktur ve bu, daha doğrudur.

Mekki b. İbrahim diyor ki:

“Biz İbn Avn'ın sohbetindeydik. Valiliği sırasında İbn Avn'a eziyet eden Bilâl b. Ebû Burde'yi lânetleyip duruyorduk. İbn Avn ise hiç sesini çıkarmadan dinliyordu. Bir ara kendisine:

- Bu adam sana eziyet ettiği için onu lânetliyoruz, sen ise susuyorsun, dedik. O:

- Lâ ilâhe illâllah ile Allah falanı lânet etsin sözleri, amel sayfalarımıza geçecek iki cümledendir. Kıyamet günü defterimde "Lâ ilâhe illâllah" kelime-i tevhidinin bulunması, "Allah falana lânet etsin" cümlesinin bulunmasından benim için daha sevimlidir. Onun için lânetlemiyorum, tevhid ediyorum, dedi.

Bir adam gelip Resulullah (s.a.v.)'e:

- Bana nasihat et, deyince Peygamberimiz (s.a.v.):

- Lânetçi olmamayı sana tavsiye ederim, buyurdu.

Dilin Dokuzuncu Afeti:

Şarkı Söylemek ve Şiir

Şiir, güzeli güzel, çirkini çirkin bir sözdür. Ama sadece şiirle meşgul olmak sakıncalıdır ve yerilmiştir. Çünkü Peygamberimiz (s.a.v.) şiir hakkında şöyle buyurmuşlardır:

"Sizden birinizin içinin gözle görülür şekilde cerahatle dolmuş olması, onun içinin şiirle dolu olmasından daha hayırlıdır." *(Müslim)*

Büyük zâtlardan Mesrûk'a şiir hakkında soru sormuşlar. O da şöyle cevap vermiş:

- Benim amel defterimde şiir bulunmasından hoşlanmam, diyerek şiiri kötü görmüştür.

Yine bir adama şiiri sormuşlar. O da:

- Şiir yerine Allah'ı zikreyle, zira Allah'ı zikir, şiirden daha hayırlıdır, demiştir.

Kısacası şiirde çirkin söz yoksa şiir söylemek ve onu bestelemek haram değildir. Sonuçta Peygamberimiz (s.a.v.):

"Şiirden bazısı aynı hikmettir" buyurmuşlardır. Evet, şiirden maksat övmek, yermek ve süslemektir. Bazen yalan da şiire karışır. Peygamberimiz (s.a.v.), Hasan b. Sabit'e, kâfirleri yermek için şiir söylemesini emretmiştir. Övmede aşırı gitmek, yalan olsa da haram olan yalana girmez. Şairin biri şöyle demiştir:

O kadar cömerttir ki elinde canından başka bir şey bulunmasa canını vermekten çekinmeyecektir.

O halde kendisinden isteyen Allah'tan korksun ve insaf etsin.

Şairin bu şiirde anlatmaya çalıştığı cömertliğin son haddini ortaya koymak içindir. Yoksa bunu olduğu gibi inandırma amacı yoktur. Bu yüzden diğer yalanlarla bu, aynı değildir. Peygamberimizin (s.a.v.) huzurunda nice şiirler okunmuştur. Bunları incelediğimizde de içlerinde bu tür sözler olduğunu görürüz. Ve Peygamberimiz (s.a.v.) bunları yasaklamamıştır.

Hz. Aişe (r.a.) anlatıyor:

"Bir gün Resûl-i Ekrem (s.a.v.) oturmuş nalinlerini dikiyor, ben de yün eğiriyordum. Bu sırada Resûl-i Ekrem'in alnından nur topu gibi parlayan terlerin aktığını gördüm. Bir ara başını bana çevirdi ve şöyle dedi:

- Ne o, şaşırdın kaldın?

- Ey Allah'ın Resulü, sana baktım. Alnından terlerin aktığını ve terlerinin nur gibi parladığını gördüm. Şair Ebu Kebir el-Hüzeli sizi görse, söylediği şiirin size daha layık olduğunu anlardı, dedim. O:

- Ya Aişe, Ebu Kebir el-Hüzeli ne dedi?

Ben de:

- Şu şiiri söyledi, dedim:

"Hayzın her tür lekesinden, süt bozukluğundan ve cinsi münasebette bulunan kadının sütünü emmek hastalığından uzak.

Yüz çizgilerine baktığın vakit, yağmur damlalarını akıtan buluttan çıkan şimşek gibi parlak." Ben bu şiiri okur okumaz, Resul-i Ekrem elindeki işini bırakarak kalktı ve beni alnımdan öptü. Sonra şöyle dedi:

- Allah seni hayırla mükâfatlandırsın ya Aişe, sen beni sevindirdiğin gibi ben seni sevindiremedim, buyurdu." (Beyhaki)

Dilin Onuncu Afeti:

Mizah

Mizah ve şaka aslında yerilmiştir ve yasaktır. Peygamberimiz (s.a.v) şöyle buyurmuştur:

"Kardeşinle mücadele ve şaka etme." Mücadelede eziyet, yalanlamak veya cahillikle suçlama vardır. Şaka ise gönül hoşluğu ve bir eğlencedir. Neden yasak peki diye düşünürsen:

Bilmiş ol ki yasak olan, sürekli ve aşırı giden şakacılıktır. Şakacılığa devam etmek, sürekli oyun ve eğlence ile meşgul olmaktır. Oyun mübahtır ama sürekli olması yerilmiştir. Aşırı eğlence ve şakacılık, aşırı gülmeyi getirir. Fazla gülmek de kalbi öldürür. Bazı hallerde de kine dönüşür. İnsanın heybetini kaybettirir. Bu yüzden fazlası kabul görmemiştir. Bu derecelere varmayan şakalar yasaklanmamıştır. Sonuçta Peygamberimiz (s.a.v.):

"Evet, ben de şaka ederim, fakat ancak doğruyu söylerim" buyurmuşlardır. Bu, Peygambere özel bir durumdur.

Hem doğruyu söyler hem de şaka yapar. İnsanların bunu yapması olası değildir. Çünkü şakaya başlayanın amacı her ne şekilde olursa olsun dinleyenleri güldürmektir.

Bu konuda Hz. Ömer (r.a.) de şunu tavsiye ediyor:

"Gülmesi çoğalanın heybeti azalır, şaka yapan küçümsenir, alaya alınır. Bir şeyi çok yapan onunla anılır. Çok konuşan çok düşer. Çok düşenin utanması azalır. Utanması azalan kimse şüpheli şeylerden az kaçınır. Şüpheli şeylerden az kaçınanın kalbi ölür."

Peygamberimiz (s.a.v.) de gülmenin ahireti unutturduğuna parmak basarak şöyle buyurmuştur:

"Eğer benim bildiğimi bilseydiniz, az güler çok ağlardınız." (Buhari ve Müslim)

****Bir Hikâye**

Adamın biri kardeşine sorar:

- Cehenneme uğrayacağının haberini aldın mı?

Kardeşi şöyle cevaplar:

- Evet, aldım.

- Cehennemden çıkacağına dair bir haber aldın mı?

Kardeşi:

- Hayır, almadım, diye cevap verir.

- O halde nasıl gülüyorsun?

Kardeşi bunu duyunca o günden sonra bir daha gülmemiş.

Muhammed b. Vasi de şöyle diyor:

"Cennette duran bir adamın ağlaması ne kadar garipse, dünyada henüz gireceği yeri bilmeyen kimsenin gülmesi de o kadar şaşılacak şeydir."

İşte bunlar gülmenin afetleridir. Gülmede kınanan durum, alabildiğine gülmektir. Yoksa tebessüm etmek kabuldur. Tebessüm, ses çıkarmadan dişleri görülecek şekilde olan gülmektir. Buna gülümseme denir ki Peygamberimiz (s.a.v.) böyle gülerdi.

Arapçada şakanın adı mizahtır. Mizahın anlamı uzaklıktır. Bunun için Hz. Ömer: "Şakaya niçin mizah adı verildiğini biliyor musunuz? İnsanı Hakk'tan uzaklaştırdığı için," demiştir.

Ancak Peygamberimiz (s.a.v.) ve ashabının da şakalaştıkları anlatılmaktadır. Neden şaka yasak dersen derim ki:

Senin de şaka sohbetlerinde Peygamberimiz (s.a.v.) ve ashabı gibi yalnızca doğruyu, gerçeği söylemeye gücün yetiyorsa, kimsenin kalbini kırmaz, aşırıya kaçmaz ve bu esaslar dâhilinde ara sıra şakalaşırsan, senin için de şakacılıkta sıkıntı yoktur. Ama şakacılığı sanat ve meslek haline getirmek, ona devam edip aşırı gitmek, sonra da Peygamberimizin (s.a.v.) yaptığı iştir demek büyük bir gaflet ve hata olur. Bu, bütün gün zencilerin arasında dolaşıp onların oyunlarını seyreden kimsenin, Peygamberimizin (s.a.v.) bir bayram günü kısa bir süreliğine Hz. Aişe'ye zencilerin oyunlarını seyretmesine izin verdiğini delil göstermek olur. Bu ise hatadır. Çünkü ısrar sebebiyle bazı küçük günahlar büyük günahlara döndükleri gibi, mübahlara da devam sebebiyle günaha kapı açacağını unutmamak gerekir.

Peygamberimizin (s.a.v.) şakalarından bazıları:

Bir gün yaşlı bir kadın Resûl-i Ekrem (s.a.v.)'e geldi. Peygamberimiz (s.a.v.):

- Yaşlı kadınlar cennete giremez, buyurdu. Kadın ağlamaya başladı. Kadının ağladığını gören Peygamberimiz (s.a.v.):

- Sen o gün yaşlı değil, genç olursun, buyurdu. (Tirmizi)

Zeyd b. Eslem anlatıyor:

"Ümmü Eymen adında bir kadın Resûl-i Ekrem'e (s.a.v.) gelerek:

- Kocam sizi davet ediyor, dedi.

Resûl-i Ekrem (s.a.v.):

- O kimdir, şu gözünde beyaz olan adam mı?

- Hayır, ya Resûlallah, kocamın gözünde beyaz yoktur, dedi.

Peygamberimiz (s.a.v.):

- Evet, onun gözünde aklık vardır, dedi.

Kadın yine ısrar etti. Peygamberimizin (s.a.v.) amacı gözün siyahını çevreleyen aklıktı ve bu herkesin gözünde vardır. Bu şaka, doğru bir şakadır.

Yine bir başka kadın, Peygamberimize (s.a.v.) gelerek:

- Ey Allah'ın Resûlü, beni bir deveye bindir, dedi.

Peygamberimiz (s.a.v.):

- Seni bir deve yavrusuna bindiririm, buyurdu.

Kadın:

- Ben deve yavrusunu ne yapayım? O beni taşıyamaz, deyince Peygamberimiz (s.a.v.):

- Her deve, bir devenin yavrusudur, buyurdu. Bu şaka da bir gerçeğin ifadesidir.

Hz. Aişe (r.a.) anlatıyor:

"Bir kere Resûl-i Ekrem (s.a.v.) ile yarıştık ve ben onu geçtim. Sonra bir yarışma daha yaptık. Ama ben şişmanladığım için Resûl-i Ekrem (s.a.v.) beni geçti ve: 'İşte bu, o yarışmanın karşılığıdır' buyurdu." *(Nesaî)*

Yine Hz. Aişe (r.a.) anlatıyor:

"Bir gün Resûl-i Ekrem (s.a.v.) ile Sevde yanımda bulunuyorlardı. Bir bulamaç pişirip getirdim. Sevde'ye vermek istedim. Sevde:

- Ben onu sevmem, dedi.

Ben de:

- Eğer yemezsen, vallahi yüzüne sürerim, dedim.

Sevde:

- Tadına bile bakmam, deyince ben de kenarından bir parça alarak yüzüne sürdüm. Peygamberimiz (s.a.v.) aramızda oturuyordu. Onu korumak için Peygamberimiz (s.a.v.) dizini siper etti. Bu sefer ben kendi yüzüme sürdüm. Resûl-i Ekrem bize bakarak gülümsüyordu, dedi."

Bir gün gözünün biri ağrıyan Suheyb (r.a.) hurma yiyordu. Resûl-i Ekrem (s.a.v.):

- Gözün ağrıdığı halde hurma mı yiyorsun, diye şaka etti.

Suheyb de:

- Ey Allah'ın Resûlü, ağrımayan tarafı ile yiyorum, diye karşılık verdi. Bu cevaba Resûl-i Ekrem (s.a.v.) gülümsedi.

Hatta olaya şahit olanların bazıları, azı dişleri görülecek şekilde güldüğünü söylediler.

Nuaymânül'l Ensarî şakacı ve içki içen bir insandı. Medine'de içki içerken onu yakalayıp Peygamberimize (s.a.v.) getirdiler. Kendisine içki cezası uygulanırken biri:

- Allah sana lânet etsin, deyince Resûl-i Ekrem (s.a.v.):

- Öyle söyleme, çünkü Allah ve Resûlünü sever, buyurdu. Bu adam Medine'ye davar sürüsü veya turfanda iyi bir şey geldiği zaman ondan satın alır, Peygamberimize (s.a.v.) getirir ve:

- Bunu senin için satın aldım, bu benim sana hediyemdir, der. Sonra mal sahibi parayı almaya geldiği zaman, adamı Peygamberimizin (s.a.v.) yanına getirir ve:

- Bu adamın parasını ver, der. Peygamberimiz (s.a.v.) de şöyle der:

- Hani sen onu bize hediye getirmiştin, şimdi ne parası bu?

Adam:

- Ne yapayım param yoktu. Senin bundan yemeni istedim, onun için aldım, geldim. Şimdi sen parayı ver, deyince Peygamberimiz (s.a.v.) gülerek parayı öderdi.

Bu şekilde yapılan şakalar sürekli olmamak kaydıyla mübahtır. Devam ve ısrar ise yanlıştır ve kalpleri öldüren gülmenin sebebidir.

Dilin On Birinci Afeti:

Suhriye (Tahkir Etmek, Hakaret Etmek) ve İstihza (Alay Etmek, Eğlenmek)

Eğlence ve alaya alma, eziyet verdiği zaman haramdır. Çünkü Kur'an'ı Kerim'de Hucurât Sûresi'nin 11. ayetinde Rabbimiz (c.c.) şöyle buyurmaktadır:

"Ey insanlar, bir grup, bir diğerini alaya almasın. Belki de onlar kendilerinden daha iyidirler. Kadınlar da başka kadınları alaya almasınlar, belki onlar kendilerinden daha iyidirler."

Suhriyenin anlamı, adamı hiçe saymak, ihanet ve tahkirdir (hakaret etmektir). İnsanları güldürecek şekilde kusur ve eksikliklere dokunmaktır. Bu, sözünü anlatmak veya taklit etmek şeklinde olduğu gibi işaret ve ima ile de olur. Alay ettiği kimse orada ise buna gıybet denmezse de yine gıybet manası kendisinde vardır. Çünkü Hz. Aişe (r.a.) şöyle diyor:

"Ben bir insandan bahsettim. Resûlullah (s.a.v.) bana:

- Vallahi, bende şöyle böyle haller var iken başkasından bahsetmekten hoşlanmam, buyurdu. *(Ebu Davud)*

Yine İbn Ebî'd-Dünya'nın Hasan'dan naklettiği bir hadise göre Peygamberimiz (s.a.v.) şöyle buyurmuştur:

"İnsanlarla alay eden birine, Cennetten bir kapı açılır ve 'buyur gel' denir. Adam sıkıntılı ve telaşlı olarak gelir. Ama kapı kapanır. Sonra başka bir kapı açılır. Adam yine sıkıntılı ve üzgün olarak bu kapıya gider, o da kapanır. Bu hal o kadar devam eder ki artık adama 'gel' diye seslendikleri halde gidemez bir hal alır."

Tirmizi'den gelen bir rivayette de Peygamberimiz (s.a.v.) şöyle buyurmuştur:

"Kim din kardeşini tevbe ettiği bir günahından dolayı ayıplarsa, o günahı işlemeden ölmez."

Bu hadislerde anlatılanlar başkasıyla alay etmenin, onu küçümsemenin cezalarıdır. Ayrıca Allah (c.c.): "Umulur ki onlar sizden hayırlıdır" buyurarak bizi ikaz etmektedir. Alay ederek ve küçümseyerek eziyet vermek haramdır. Alay etmek, kişi hakkında kılık kıyafeti olabileceği gibi, konuşması, davranışlarında da olabilir. Bir kişinin kusur ve eksikliklerine gülmek de haramdır.

Dilin On İkinci Afeti:

Sır Tutmamak

Sırrı açıklamak dost hakkına ihanet olduğu için yasaktır. Peygamberimiz (s.a.v.):

"Bir adam bir mecliste bir sözü söylerken etrafına bakındığı zaman, o söz dinleyenlere emanettir." *(Tirmizi)*

Hz. Hasan (r.a.): "Kardeşinin sırrını başkasına söylemek ona ihanettir," demiştir.

Bu husustaki şu olay önemlidir:

Rivayete göre Muaviye, Utbe'nin oğlu Velid'e gizli bir şey söyledi. Velid, babası Utbe'ye:

- Müminlerin emiri bana gizli bir şey söyledi. Senden başkasına söylediği bu sırrı senden gizlemez sanırım. Bunu sana söylemek isterim, dedi.

Babası:

- Hayır, sen onu bana söyleme. Çünkü birinin sırrını korumak, onun kendi yararına olmakla beraber, onun sırrını açıklamak da onun kendi zararına olur, dedi.

Utbe:

- Ama bu, baba ile oğlun arasına giren bir şeydir, deyince babası:

- Hayır, oğlum, benim senden istediğim, onun sırrını açıklama alçaklığına düşmemendir, dedi.

Utbe, sonra Muaviye'ye giderek olanları anlattı. Muaviye de ona:

- Baban seni hata esaretine düşmekten kurtarmıştır, dedi.

Sırrı açıklamak, tutamamak, ihanettir. Başkasına zararı dokunursa haram, zararı olmazsa da yerilen, ayıplanan bir davranıştır.

Dilin On Üçüncü Afeti:

Yalan Yere Söz Vermek

Dil, vaat etmeyi çok sever ama genellikle insanın nefsi verdiği sözde duramaz. Sözünde durmamak da nifak alametidir. Çünkü Allah (c.c), Mâide Sûresi'nin 1. ayetinde:

"Ey iman edenler, sözlerinizi yerine getirin" buyurmaktadır. Ayrıca Peygamberimiz (s.a.v.) de bu konuda şöyle buyurmuştur:

"Vaat atiyyedir (bir büyüğün küçüğe verdiği hediye, bahşiş), verilmesi gerekir." *(Taberani)*

"Vaat, borç gibidir ve belki borçtan daha önemlidir." *(İbnEbî'd-Dünya)*

Rabbimiz (c.c.), Hz. İsmail için de Kur'an'ı Kerim'de şöyle buyuruyor:

"O, vaadinde sadık idi." *(Meryem Sûresi, 54. Ayet)*

Hz. İsmail hakkındaki bir rivayete göre, bir yerde buluşmak üzere biriyle sözleşen Hz. İsmail, adamı yirmi gün sözleştikleri yerde bekledi.

Peygamberimiz (s.a.v.) de Abdullah b. Ebû'l-Hansâ'yı sözleştikleri yerde üç gün bekledi. Sözünü sonradan hatırlayıp Resulullah'ın yanına giden Abdullah b. Ebû'l-Hansâ'ya:

- Delikanlı, beni yordun, üç günden beri seni burada bekliyorum, buyurdu. *(Ebu Davud)*

Kişi, verdiği sözü yerine getirmelidir. İbn Mesud bir söz verdiği zaman "inşallah" derdi. Doğru olan da budur. İnşallah demek, Allah dilerse demektir. Ama bundan kesinlik manası çıkarsa sözü yerine getirmek gerekir. Ancak mazeret bunun dışındadır. Söz verirken içinden yapmamaya kararlı ise, bu nifakın ta kendisidir. ***Çünkü Peygamberimiz (s.a.v.) bu konuda şöyle buyurmuşlardır:***

"Üç şey kimde bulunursa, namaz kılsa, oruç tutsa ve kendini mümin sansa da yine münafıktır. Konuştuğu vakit yalan söyler, söz verdiği zaman sözünü yerine getirmez, güvenildiği zaman emanete hiyanet eder." (Buhari ve Müslim)

"Dört şey kimde bulunursa o münafıktır. Bunlardan bir tanesi bulunursa nifaktan bir parça kendisinde vardır (onu terk edinceye kadar). Bunlar, konuştuğu zaman yalan söylemek, söz verdiği zaman sözünden dönmek, sözleşme yaptığı zaman haksızlık etmek, husumet ettiği zaman günah işlemek, yani mahkemeye başvurduğu zaman hakkından fazlasını istemektir." *(Buhari ve Müslim)*

Her konuda olduğu gibi bu konuda da Peygamberimiz (s.a.v.) bize en güzel rehber olmaktadır. Çünkü Peygamberimiz (s.a.v.) bir rivayete göre Ebû'l-Haysem'e bir hizmetçi vermeyi söz vermişti. Kendisine üç tane esir getirdiler. İkisini ihtiyaç sahiplerine verdi. Yanında bir tane kaldı. Bu sırada kızı Hz. Fatıma (r.a.) bir hizmetçi istemek için Resulullah'ın (s.a.v.) yanına geldi. Ve:

- Değirmen çevirmekten elimin haline baksana. Bana bir hizmetçi ver, dedi.

Peygamberimiz (s.a.v.):

- Ya Ebû'l-Haysem'e verdiğim söz ne olacak, buyurdu ve hizmetçiyi kızına vermeyerek verdiği sözü tuttu. Verdiği sözü tutmayı kızına tercih etti.

Peygamberimiz (s.a.v.)'in kızı yerine verdiği sözü tutmayı tercih ettiği gibi biz de sözümüzde durmak için elimizden gelen gayreti göstermeliyiz. Ancak bazen niyet ettiğimiz şeyleri yerine getirmeye gücümüz yetmeyebilir. Peygamberimiz (s.a.v.) bu konuda da şöyle buyurmuştur:

"Niyetinde yerine getirmek olduğu halde verilen sözü yerine getirememek sözünden dönmek sayılmaz." *(Ebu Davud ve Tirmizi)*

"Bir kimse verdiği sözde durmak maksadıyla kardeşine bir şeyi vaat eder, sonra vaat ettiğini bulamazsa, vaadinden dönmüş sayılmaz." *(Ebu Davud ve Tirmizi)*

Dilin On Dördüncü Afeti:

Yalan Konuşmak ve Yalan Yere Yemin Etmek

Yalan söylemek ve yalan yere yemin etmek, en çirkin günah ve ölçüsüz ayıplardandır. İsmail b. Vasıt şöyle anlatıyor:

"Peygamberimizin (s.a.v.) vefatından sonra Hz. Ebubekir (r.a.) bir hutbesinde şöyle dedi:

- Geçen sene Resulullah (s.a.v.) aramızdaydı ve şöyle buyurdu: "Yalandan sakının. O, kötülük ile beraberdir ve her ikisi de cehennemdedir."

Peygamberimiz (s.a.v.) başka hadislerinde de şöyle buyurmaktadır:

"Yalan, nifak kapılarından bir kapıdır." *(İbn Adiy)*

"En büyük hiyanet, arkadaşına haber verdiğin bir sözde o sana inandığı halde, senin ona yalan söylemendir." *(Buhari)*

"Kişi yalan söylemek ve yalancılıkla uğraşarak sonunda Allah katında yalancılardan yazılır." *(Buhari ve Müslim)*

"Yalan, rızkı azaltır." *(Ebû'ş-Şeyh)*

"Üç kişiyle kıyamet günü Allah konuşmaz ve onlara bakmaz. Bunlar verdiği sadakayı başa kakan, malını yalan yemin ile satan ve elbisesini kibirli kibirli sallayarak dolaşan kimselerdir." *(Müslim)*

"Bir kimse Allah'a yemin eder ve bu yemine sivrisineğin kanadı kadar yalan katarsa, kalbinde kıyamete kadar devam eden bir leke olarak kalır." *(Tirmizi)*

"Üç kimseyi Allah sever. Bunlardan biri, bir ordu içinde bulunup da öldürülünceye kadar veya zafere ulaşıncaya kadar başını bu yola koyup savaşan. İkincisi, bir adamdır ki kendisine eziyet eden bir komşusu vardır. Oradan göç edinceye veya bir taraf ölünceye kadar onun eziyetine sabreder. Üçüncüsü bir adamdır ki arkadaşlarıyla yolculuğa veya düşman üzerine çıkmışlar. Uzun süren gece yolculuğu kendilerini yormuş, herkesin canı yatmak istiyor. Bu sırada arkadaşları yatıp dinlenirken kendisi yatmaz, bir kenara çekilip namaz kılar ve yolculuk için arkadaşlarını uyarıncaya kadar ibadetle meşgul olur. Üç sınıf insana da Allah buğzeder (sevmez). Birincisi çok yemin ederek mal satıp alışveriş yapan tüccar. İkincisi böbürlenen fakir kimse. Üçüncüsü de verdiğini başa kakan cimridir." *(Ebu Zer'in rivayetiyle Ahmed)*

"Yazıklar olsun o kimseye ki milleti güldürmek için yalan söyler. Vay ona, vay ona, vay ona!" *(Ebu Davud ve Tirmizi)*

Abdullah b. Cerad anlatıyor:

"Resulullah'a (s.a.v.) sordum:

- Mümin zina eder mi?

Resulullah (s.a.v.):

- Olabilir, zina edebilir, buyurdu.

Ben:

- Yalan konuşur mu?

Resulullah (s.a.v.):

- Hayır, konuşamaz, buyurdu. Sonra da sözünü şu ayetle tamamladı:

- Yalan uyduranlar, ancak Allah'ın ayetlerine inanmayanlardır. *(Nahl Sûresi, 105. ayet)*

Peygamberimizin (s.a.v.) duası:

"Allah'ım, kalbimi nifaktan, edep yerimi zinadan ve dilimi yalandan temizle." *(Hatîb)*

Peygamberimizin (s.a.v.) bu konudaki hadislerinden biri de şudur:

"Üç kimse vardır ki Allah (c.c.) onlarla konuşmaz, onlara bakmaz ve onları teselli etmez. Onlar için zor bir azap vardır. Bunlar; zina eden yaşlı, yalan konuşan hükümdar ve kibirlenen yoksullardır." *(Müslim)*

Çocukları Kandırmak için Dahi Yalan Söylememek

Abdullah b. Amir anlatıyor:

"Ben küçüktüm, Resulullah (s.a.v.) evimize gelmişti. Ben oynamaya gidiyordum. Annem bana seslendi:

- Abdullah gel, sana bir şey vereceğim, dedi.

Bunun üzerine Resulullah (s.a.v.) sordu:

- Ona ne verecektin?

Annem:

- Hurma vereceğim, dedi.

Resulullah (s.a.v.):

- Dikkat et, eğer bir şey vermeyecek olsan ve bunu aldatmak için söylesen sana bir yalan günahı yazılırdı, buyurdu. *(Ebu Davud)*

Yine Peygamberimiz (s.a.v.) bu konuda şöyle buyurmuşlardır:

"Eğer Allah (c.c.) bu çakıllar sayısınca mal ve servet verse, onları aranızda bölüştürürdüm. Beni bu konuda ne cimri ne yalancı ve ne de korkak bulurdunuz." *(Müslim)*

"Dikkat edin, size en büyük günahları haber vereyim mi? Allah'a şirk koşmak, anne ve babaya isyan etmek. Dikkat edin, üçüncüsü de yalan yere şahitlik etmektir." *(Buhari ve Müslim)*

"İnsan bir yalan söylediği zaman, onun pis kokusundan melek bir mil mesafe ondan uzaklaşır." *(Tirmizi)*

"Benim için altı şeye kefil olun, ben de sizin cennete girmenize kefil olayım. Sizin biriniz konuştuğu zaman yalan söylemesin, söz verdiği zaman sözünde dursun, itimat edildiği zaman emanete hiyanet etmesin. Gözünüzü çekin, edeb yerinizi koruyun. Elinizi haramdan çekin." *(Hâkim)*

"Şeytanın, insanın gözüne çektiği sürmesi, kötü sözler söyletmek için ağzına koyup tattırdığı şeyi, koklatmak için burnuna sürdüğü kokusu vardır. Sürmesi uyku, burnuna sürdüğü öfke, tattırdığı ise yalandır. " *(Taberani)*

Ağzını yalana alıştırır, kendisini haksız yere öfkelendirir ve ibadetten alıkoymak için de uyku verir.

"Kim yalan olduğunu bilerek benden hadis rivayet ederse, o da iki yalancının biridir." *(Müslim)*

"Kim bir Müslümanın veya herhangi bir kimsenin malını haksız yere almak için yalan yemin ederse Allah (c.c.)'ın gazabına uğramış olarak O'nun huzuruna çıkar." *(Buhari ve Müslim)*

"Her özellik müminde bulunabilir. Ama hiyanet ve yalan bulunamaz." *(İbn Ebi Şeybe Ebu Umame'den rivayetle)*

Hz. Musa (a.s.), Allah'a (c.c.) şöyle sordu:

- Ya Rab! İbadet bakımından senin katında kullarının en hayırlısı kimdir?

Allah (c.c.) :

- Dili yalan konuşmayan, kalbi kötülük düşünmeyen ve edeb yeri zina etmeyen kimsedir, buyurdu.

Peygamberimiz (s.a.v.) de şöyle buyurmuşlardır:

"Dört özellik sende bulunduğu takdirde, dünyalıktan diğer ayıpların sana zarar vermez. Doğru konuşmak, emaneti korumak, güzel huy ve haramdan çekinmektir." *(Hakim ve Haraiti)*

"Doğruluğa devam edin. Çünkü doğruluk, iyilikle beraberdir. Her ikisi de cennettedir." *(İbn Mace ve Nesai)*

"Allah'tan korkmayı, doğru konuşmayı, emaneti yerine getirmeyi, sözünü tutmayı, herkese selam vermeyi ve herkese karşı alçakgönüllü olup merhamet ve şefkat kanatlarını germeyi sana tavsiye ederim." *(Ebu Nuaym)*

Yalan ile İlgili Büyüklerin Sözleri

Hz. Ali (r.a.) şöyle diyor:

"Allah katında en büyük hata, yalan konuşmak ve en büyük pişmanlık, kıyamet günündeki pişmanlıktır."

Ömer b. Abzülaziz ise: "Gömleğimi sırtıma aldım alalı yalan konuşmadım," demiştir.

Meymun b. Ebi Şebib: "Bir kitap yazmak için oturmuştum. Bir konu ile karşılaştım. Onu yazsam kitabımı güzelce süsleyecektim ama yalan olduğunu bildiğim için de yalancı olacaktım. Bu yüzden onu yazmaktan vazgeçtim. Tam bu sırada evin bir köşesinden bir ses geldi. O seste şu ayeti duydum:

"Allah, müminleri dünya hayatında ve ahirette sağlam bir söz üzerinde tutar." *(İbrahim Sûresi 27. Ayet)*

Şabi: "Yalancı ile cimriden hangisinin cehennemin daha derin kuyusuna atılacağını bilmiyorum," demiş.

İbnü's-Semmak da: "Ben yalanı terk ettiğimden dolayı mükâfatlandırılacağımı sanmam. Çünkü ben onu utancımdan dolayı terk ediyorum," demiştir.

Malik b. Dinar ise şöyle diyor: "Doğru ile yalan, biri diğerini çıkarıncaya kadar kalpte boğuşur dururlar."

Yalan Söylemenin Haram Olmadığı Durumlar Nelerdir?

Yalan haramdır. Ancak bazı durumlarda söylenmesine izin verilmiş, hatta bazı durumlarda ise vacip hale gelmiştir. Burada sınır, toplumun faydasıyla ilgilidir. Meymun b. Mihran şöyle diyor: "Bazı durumlarda yalan söylemek, doğruyu söylemekten daha hayırlıdır. Mesela, elinde kılıcı, öldürmek için birini arayan kimse gelip de senden 'Falancayı gördün mü?' dediği zaman, sen onu gördüğün halde 'Hayır, görmedim' demez misin? Birinin canını, öbürünü de cinayetten kurtarmak için yalan konuşmak daha doğrudur, hatta vaciptir.

Bu konuda deriz ki söz, amaca giden bir yoldur. Herhangi iyi bir amaç ki ona hem doğru hem de yalan söz ile ulaşılabilir; burada yalan haramdır. Ancak yalnız yalanla bu iyi amaca ulaşılabilecek ve kabul gören bir iş ise, burada yalana müsaade edilir. Yine ulaşılacak amaç vacip ise yalan söylemek de vacip olur. Bir Müslümanın hayatını kurtarmak gibi. Adamın saklandığı yeri biliyorsun. Katil de öldürmek için onu arıyor, sana soruyor. Bu durumda yalan söylemek vaciptir.

Savaşın amacına varması için ve arabuluculuk gibi konularda, ancak yalan ile amaca ulaşılacaksa, yalana yine izin verilir. Buna rağmen mümkün olduğunca yalandan uzak kalmalıdır. Çünkü böyle bir zorunlu durumda yalandan bir kapı açılınca gerisinin açılmasından da korkulur. Yalan, aslında haramdır. Ancak zorunlu hallerde izin vardır. Bunun delili de Ümmü Gülsüm'ün Peygamberimizden (s.a.v.) yaptığı rivayettir. Buna göre Peygamberimiz (s.a.v.) şöyle buyurmuştur:

"İki kimsenin arasını düzelten veya hayrı söyleyip hayrı yükselten kimse yalancı değildir." *(Müslim)*

"Âdemoğlunun her konuştuğu yalan, kendi aleyhine yazılır. Ancak iki Müslümanın arasını bulmak için konuştuğu yalan yazılmaz." *(Ahmed)*

Arabuluculuğun Önemi

Ebu Kahil, başından geçen bir olayı şöyle anlatıyor:

"Ashab'dan iki adamın aralarında anlaşmazlık oldu ve araları açıldı. Ben birine gittim, şöyle dedim:

'Sen ona kızıyorsun ama o durmadan seni övüyor, hakkında güzel şeyler söylüyor.' Sonra diğerine gittim, ona da aynı şeyleri söyledim ve aralarını düzelttim. Sonra da kendi kendime: 'Ben kendimi helâk ettim de onları barıştırdım. Bu nasıl oldu?' diye düşünürken durumu Resulullah'a (s.a.v.) anlattım. O da bana:

- Sen ara bul da nasıl bulursan bul, buyurdu.

Ebu Azeretüd-Düeli'nin anlattığına göre eşleri kendisinden hul şeklinde boşanıyorlardı. Bu yüzden komşular arasında kötü konuşmalar yayılmıştı. Buna canı sıkılan Düeli bir gün Abdullah b. Erkam'ı alarak evine götürdü. Eşine yemin verdirerek kendisini sevip sevmediğini sordu. Eşi:

- Bana yemin verdirme, dediyse de adam ısrar edince kadın:

- Evet, seni sevmiyorum, sana kızıyorum, dedi. Adam, Erkam'a sordu:

- Duydun mu, diyerek Erkam'ı da alarak halife Hz. Ömer'in (r.a.) yanına gitti.

- Ya Ömer, siz bana kadınlara kızıyor diye benim aleyhimde konuşuyorsunuz. Ama kabahat benim değil. Kadınlar beni istemiyor. Erkam'a sor, dedi.

Hz. Ömer (r.a.), Erkam'a sordu. Cevabını aldıktan sonra Düeli'nin karısını çağırttı. Kadın, amcasıyla beraber geldi. Hz. Ömer (r.a.):

- Sen kocana 'seni sevmiyorum' dedin mi?

Kadın:

- Ne yapayım, bana yemin verdirdi, bunun için yalan söyleyemedim, ey müminlerin emiri. Bu konuda yalan söylemeye izin var mı?

Hz. Ömer (r.a.)

- Evet, yalan söyle. Sizden herhangi bir kadın, kocasını sevmezse bunu söylemesin. Karşılıklı sevgi çok azdır. Ancak insanlar İslamiyet ve hisleriyle yaşarlar, dedi.

Peygamberimiz (s.a.v.) başka bir hadisinde de şöyle buyurmaktadır:

"Size ne oluyor ki sizi yalanın içine, pervânenin ateşe kendini atışı gibi üst üste atılır görüyorum! Âdemoğlunun söylediği her yalan mutlaka aleyhine yazılır; ancak şu üç yer hariç: Kişinin savaşta yalan söylemesi; çünkü savaş hiledir; arasında düşmanlık bulunan iki kimseyi barıştırmak için söylenen yalan ve hanımını hoş etmek için ona söylediği söz." *(Ebubekir b.Lâl)*

Yalan söyleyen herkes içtihad tehlikesiyle karşı karşıyadır. Yalan söylemesini gerektiren sebebin şeriatte doğru söylemekten daha önemli olup olmadığını bilmesi lazımdır. Bu ise çok zor bir şeydir. Vacip derecesine varmayan yalanı terk etmek daha iyidir. Ancak kan dökmek ve günaha girmek gibi konularda yalan tercih edilir. Bazıları, amellerin fazileti ve günahların şiddeti hakkında hadis uydurmanın caiz olduğunu ve bundan amacın iyi niyet olduğunu sanırlar. Bu ise hatadır. Çünkü Resulullah (s.a.v.) şöyle buyurmuştur:

"Benim üzerime kasten yalan uyduran, cehennemdeki yerine hazırlansın." *(Buhari ve Müslim)*

Târiz Yoluyla Yalandan Kaçınmak

Seleften nakedilmiştir ki Hz. Ömer (r.a.):

"Târiz yolu ile konuşmakta insanı yalandan kurtaran bir taraf vardır," demiştir. İbni Abbas ve diğerlerinden rivayet edilen bu sözün maksadı, insan yalan söylemeye mecbur kaldığı zaman, imâ ve târiz yollu sözlerle onu atlatmaktır. Zorunlu olmadığı gibi yalan söylemek nasıl caiz değilse, târizle söz söylemek de zorunlu olmadıkça caiz değildir. Ama târiz, yalan söylemekten daha iyidir.

Târiz ile İlgili Ashabın Yaşadıkları Olaylar

Muaz b. Cebel (r.a.), Hz. Ömer'in (r.a.) valisiydi. Bir gün evine dönerken eli boş gelince hanımı sordu:

- Niye hiçbir şey getirmedin? Neden diğer valilerin ellerindeki şeylerden sen de yok?

Muaz:

- Ömer bana gözcü koştu, onun için bir şey getiremedim, dedi.

Hanımı:

- Resulullah (s.a.v.) ve Ebubekir (r.a.) döneminde güvenilir olduğun halde nasıl olur da Ömer (r.a.) sana gözcü verir, diye söylendi. Bunu kadınlar arasında konuşarak Ömer'den yakındı. Bu olay, Hz. Ömer'in (r.a.) kulağına gitti. Muaz'ı çağırdı ve:

- Ben sana gözcü koştum mu? Neden böyle söylüyorsun?

Muaz:

- Ne yapayım, hanımdan ancak bu şekilde kurtuldum, dedi ve güldüler.

İbrahim Nehai de kızına asla "sana şeker alacağım" demez, "belki sana şeker alırım" derdi. Ayrıca Nehai, sevmediği biri kapısına geldiği zaman hizmetçisine tenbihle "burada değil deme, bekle de mescitte arayayım onu, de" derdi. Amacı yalan söyletmemekti.

Bu davranışlar, ihtiyaç halinde başvurulan güvenli yollardır. Zorunlu olmadıkça bu yollara başvurulmaz. Çünkü bunlar her ne kadar açık yalan değilse de yalanı artıran davranışlardır ve hepsi mekruhtur.

Târizler açık yalanlar gibi olmadığı için, hafif sebeplerden de mübah olabilirler. Şaka ile başkasının gönlünü hoş etmek gibi. Sonuçta Peygamberimizin (s.a.v.), yaşlı kadınların cennete giremeyeceklerini söylemesi gibi. Yine Peygamberimizin (s.a..v), bir adam için "gözünde beyaz olan adam" ve bir diğerine de "seni devenin yavrusuna bindireyim" demesi gibi.

Yalanların bazıları da günahı getirmez. Abartılı konuşmalar gibi. Bir kere arayıp da bulamadığı kimseye: 'Yüz kere aradım seni, bulamadım' demek gibi. Çünkü bu sözde söylenen sayı, kastedilen sayı değildir, amaç abartmaktır. Ama bir kere arayıp da "yüz kere aradım" demek yalan olur. Bunun yanında yemeğe davet edildiğinde aç olduğu halde "aç değilim" demek de doğru değildir. Bazı insanlar da rüyalarıyla ilgili yalan söylerler. Bu da haramdır. Çünkü Peygamberimiz (s.a.v.) bu konuda şöyle buyurmuşlardır:

"En büyük yalanlardan biri, kişiyi babasından başkasına nisbet etmek veya gördüğü rüyada görmediği şeyi gördüm demek veya benim demediğim sözü benim için dedi demektir." *(Buhari)*

"Rüyasında yalan söyleyen kimseye, kıyamet günü iki kılı birbirine bağlaması teklif edilir ve bunlar da asla birbirine bağlanmaz." *(Buhari)*

Dilin On Beşinci Afeti:

Gıybet

Gıybet, en kötü ve en büyük kötülüklerden biridir. Rabbimiz (c.c.), Kur'an'ı Kerim'de gıybet ile ilgili şöyle buyurmaktadır:

"Bazınız bazınızı gıybet etmesin. Hanginiz ölü kardeşinin etini yemekten hoşlanır? Ondan tiksinirsiniz." *(Hucûrat Sûresi, 12. Ayet)*

Peygamberimiz (s.a.v.) de gıybet hakkında şöyle buyurmaktadır:

"Her Müslümanın her Müslümana canı, malı ve ırzı haramdır." *(Müslim)*

"Gıybetten sakınınız. Çünkü gıybet, zinadan daha şiddetlidir. Çünkü zina eden kimse tevbekâr olur, Allah da kendisini affeder. Ama gıybet edilen affedinceye kadar, gıybet eden affedilmez." *(İbn Ebi'd-Dünya)*

"Miraca çıktığım gece, tırnakları ile yüzlerini tırmalayan birtakım kimseler gördüm. Cebrail'e:

- Bunlar kimdir, diye sordum. Cebrail de:

- Bunlar, insanları gıybet edip gizli hallerini araştıranlardır, dedi." *(Ebu Davud)*

Süleym b. Cabir diyor ki: Resulullah'a (s.a.v) gittim ve:

- Bana faydalanacağım bir hayrı anlat, dedim.

Resulullah (s.a.v.) şöyle dedi:

- Sadakayı küçük görme! Kendi kovandan su isteyenin kabına akıttığın bir miktar su bile olsa. Kardeşini güler yüzle karşıla ve ayrıldığı zaman gıybetini yapma. *(Ahmed)*

"Ey dili ile iman edip kalpleriyle inanmayanlar, Müslümanları gıybet etmeyin. Onların gizli hallerini araştırmayın. Kim din kardeşinin gizli hallerini araştırırsa Allah da onun gizli hallerini araştırır. Allah kimin gizli hallerini araştırırsa, onu evinin içinde de açığa çıkarır ve rezil eder." *(İbn Ebi'd-Dünya)*

Ashab-ı Kiram, güler yüzle karşılar, ayrıldıkları zaman da birbirlerini çekiştirmezlerdi. Çünkü bu davranışı en büyük ibadet olarak görürlerdi. Bunun aksini ise nifak alameti sayarlardı.

Ebu Hureyre (r.a.) şöyle diyor: "Dünyada din kardeşini gıybet eden kimseye kıyamet günü, onun şeklinde bir et sunulacak ve 'Dünyada bu adamı çekiştirdiğin gibi şimdi de bu eti ye' denecek; etin acılığından yüzünü ekşitecek ve bağırıp duracak."

Katade diyor ki: "Kabir azabının üç şeyden meydana geldiği bize bildirildi. Bunun üçte biri gıybet, diğer üçte biri söz taşımak, diğer üçte biri de idrardan sakınmamaktandır."

Diğer büyükler de "Biz eskiler, Sahabe'ye yetiştik. Onlar ibadeti namazda, oruçta değil, insanları çekiştirmekten ve onlara dil uzatmaktan kaçınmakta ararlardı."

İbn Abbas (r.a.) ise: "Başkasının kusurunu söylemek istediğin zaman, kendi kusurunu hatırla," demiştir.

Hasan (r.a.) şöyle diyor: "Ey insanoğlu, sende var olan bir kusur ile insanları kınayıp dururken, kâmil Müslüman olamazsın. Kâmil Müslüman olmak için önce kendi kusurunu ıslah etmen, sonra da başkalarının kusurlarını ıslah ile meşgul olman gerekir. Ancak bunu yaptığın takdirde Allah'ın has kullarından olabilirsin."

Malik b. Dinar da şöyle bir hikâye anlatıyor: "Hz. İsa (a.s.) havariyleriyle birlikte bir köpek leşinin yanından geçiyordu. Havariler:

- Bu ne pis kokuyor, deyince Hz. İsa (a.s.):

- Ne parlak dişleri var, dedi. Hz. İsa (a.s.), onları kusur arayarak gıybet etmelerini engellemek, hem de ne olursa olsun bir şeyin mutlak surette iyi bir tarafı olabileceğini, bu yüzden kusur araştırmak yerine bir iyiliğini bulup söylemenin doğru olacağını anlatmak için böyle konuştu."

Gıybetin Anlamı ve Tarifi

Gıybet, duyduğu zaman insanın hoşuna gitmeyecek bir kusurunu arkasından söylemektir. Buna "çekiştirme" denir. Bu kusur, ister kıyafetinde ister yaratılışında ister ahlâkında ve akrabasında, her nerede olursa olsun fark etmez. Sözünde, dünyalığında, ahiretliğinde, hatta elbisesinde, evinde veya bindiği araçta hepsi aynıdır.

Bedene dair gıybet: Gözü şaşı, gözü kör, başı kel, yüzünde sivilce var, boyu kısa veya uzun, siyahtır, sarıdır gibi kişinin duyduğunda canını sıkan ne eksiklik varsa bunlarda gıybettir.

Soyuna dair gıybet: Babası işçidir, ameledir, kötü insandır, cimridir gibi hoşuna gitmeyecek ifadeleri kullanmak da gıybete dâhildir.

Ahlâka dair gıybet: Kötü huyludur, asabidir, kibirlidir, korkaktır, acizdir, tembeldir, yüreksizdir gibi sözleri kullanmak da gıybettir.

Dine dair gıybet: Hırsızdır, yalancıdır, içkicidir, kumarbazdır, namaz kılmaz, zekât vermez, anne babasına itaat etmez, orucuna dikkat etmez gibi ibadetle ilgili anlatımlar da gıybettir.

Dünyaya dair gıybet: Çok konuşur, çok yer, çok uyur, her zaman kendini haklı görür, utanması yok, milletin hakkına saygı duymaz gibi ifadeler de gıybeti içerir.

Giyinişe dair gıybet: Geniştir, dardır, uzundur, kısadır, kirlidir gibi söylenen sözler de gıybettir.

Gıybet çok kötü bir davranıştır. Peygamberimiz (s.a.v.) başka bir hadisinde de şöyle buyurmaktadır:

"Gıybetin ne olduğunu biliyor musunuz? Kardeşlerinizin hoşlanmayacağı şeyle onu anmanızdır."

Bunu duyan yanındakiler Resulullah'a (s.a.v.):

- Söylediklerimiz onda varsa buna ne buyurursunuz?

Peygamberimiz (s.a.v.):

- Söylediğiniz kusurlar onda varsa işte o zaman gıybet etmiş olursunuz, yoksa iftira edersiniz, buyurdu. *(Müslim)*

Gıybetin Yalnız Dil ile Değil, Her Aza ile Yapılabileceği

Kişiyi dil ile anmanın haram olması, eksikliklerini başkalarına anlattığı ve hoşlanmadığı şey ile tarif ettiği içindir. Bu anlatım ister açık bir şekilde isterse tarif şeklinde olsun ikisi de aynıdır. İş, söz, işaret, iman, yanında veya gıyabında, yazı ve hareket ne şekilde olursa olsun, amacı ifade ederse gıybete dâhildir ve hepsi de haramdır. Hz. Aişe (r.a.) bu konuda bir olayı şöyle anlatıyor:

"Bir gün bir kadın evimize geldi. Gittiği zaman, elimle kısa boylu olduğunu işaret ettim. Resulullah (s.a.v): 'Kadını gıybet ettin' buyurdu."

Ayrıca taklit ederek eğlenmek de gıybettir. Hatta belki de gıybetin en ağır halidir. Çünkü taklit, daha açık bir tasvirdir. Konuşmalarını, yürümelerini, hal ve hareketlerini taklit gibi. Bunların hepsi yasaktır. Hz. Aişe bu durumda şöyle diyor: "Bende böyle haller varken başkasının taklidini yapmaktan hoşlanmam."

Yazı ile çekiştirmek de aynıdır. Çünkü kalem, iki dilin biridir. Bir yazarın belli bir kimseyi ele alıp aleyhinde yazı yazması da gıybettir. Ancak "bazıları şöyle diyor" diyerek yazması gıybet değildir. Çünkü gıybet, diri ya da ölü olsun belli bir kişiye yapılan saldırıdır.

Ama karşısındaki adam olayı biliyorsa "Bugün bize gelenlerden biri" veya "gördüklerimizden biri" şeklinde konuşması da gıybettir. Çünkü sakıncalı olan, gıybet edilen kişiyi tanıtmaktır. Söylediğin kişi, kimin hakkında konuşulduğunu bilmiyorsa zararı yoktur. Resulullah (s.a.v.) birinin halinden hoşlanmadığı zaman belirsiz bir ifadeyle:

"Bazı kimselere ne oldu ki, şöyle böyle yaparlar," *(Ebu Davud)* derdi ve o kimsenin adını vermezdi.

Gıybetin bir türü de gıybet edenin hevesini artıran davranışlar vardır. Bu da gıybeti duyanın şaşkınlık göstermesidir. Bu tavır ise gıybetçiyi daha da heveslendirir. Yani dinleyenin "Şaşılacak şey, ben öyle bilmezdim, bugüne kadar onu iyi sanmıştım, ondan hiç beklemezdim" gibi konuşmalar yapar ki bu davranış, gıybeti yapanı hem tasdik eder hem de teşvik eder. Hatta sadece dinleyip susmak bile teşvik ve gıybet sayılmıştır. Çünkü Peygamberimiz (s.a.v.) bu konuda şöyle buyurmuşlardır:

"Dinleyen de gıybet edenlerin biridir." *(Taberani)*

Bundan kurtulmanın yolu bunu dili ile reddetmektir. O zaman kurtulabilir. Gıybet ortamında bulunan, dili ile reddetmeli. Bundan korkarsa kalbiyle reddetmeli. Gücü yeterse oradan ayrılmalı ve sözü değiştirmelidir. Bunları yapmazsa gıybette ortaktır. Ancak içinden dinlemeyi istediği halde yapmacık olarak diliyle konuşmayın, yapmayın derse bu da nifak alametidir. İçinden gıybeti kötü görmedikçe günahtan kurtulamaz. Yalnız el, baş, kaş ve vücut hareketleriyle gıybeti redde kalkışmak sorumluluktan kurtarmaz. Çünkü bu, gıybeti küçümsemektir. Yapılması gereken gıybetin tehlikesini anlatarak ondan açıkça menetmektir.

Çünkü Peygamberimiz (s.a.v.):

"Kimin yanında bir mümin aleyhinde konuşulmakla zillete düşürülür de ona yardıma gücü yettiği halde yardım etmez, onu zilletten kurtarmazsa; kıyamet günü yaratılanlar arasında Allah onu rezil eder." *(Taberani)*

"Gıyabi olarak din kardeşi aleyhindeki dedikodulardan, din kardeşini savunan kimsenin, kıyamet günü ırz ve şerefini korumayı Allah üzerine almıştır." *(İbn Ebi'd-Dünya)*

"Gıyabi olarak din kardeşi aleyhindeki dedikodulardan, din kardeşini koruyan kimsenin, kıyamet günü ırz ve şerefini korumayı Allah üzerine almıştır." *(İbn Ebi'd-Dünya)*

Gıybet Yapmaya Götüren Sebepler

Gıybete götüren pek çok sebep vardır. Bunları on bir sebep olarak özetleyebiliriz. Bu on bir sebebin sekizi genel olarak herkes hakkındadır. Diğer üçü ise özel olarak din adamları ve itibarı yüksek kimselerde bulunur.

Genel Olan Sekiz Sebep:

1- Kinini yenmek için yapılan gıybettir. Birisi birisine bir nedenden dolayı kızdığı zaman onun aleyhinde konuşmaktan zevk alır. Kuvvetli bir imana sahip değilse diliyle o kişi hakkında yerli yersiz konuşur. Bazen de öfkesini yenemeyerek onu içinde saklar. Sonunda bu sinir birikir ve kin halini alır. Böylece o kişi hakkında sürekli dedikodu yapar. Hiddet ve kin, dedikodunun en belirgin sebeplerindendir.

2- Arkadaşlarının kendisini konuşturup dinlemeleri ve kendisinin de onlara uymasıdır. Arkadaşları, onun dedikodularından hoşnut olup onu dinlediği için gıybeti yapar. Arkadaşlarının kendisini terk etmesinden korkar ve dedikoduya devam eder. Dedikoduyu seven arkadaşlarından ayrılmak istemez ve bunu sohbet adabı sanır. Bazen arkadaşları birinin kötülüğünden anlatır, o da arkadaşlarıyla aynı düşüncede olduğunu göstermek için o kişi hakkında anlatır durur.

3- Bir işin kendi aleyhinde olacağını bilen bir kimse, başkasından önce o kimse hakkında konuşmaya başlar. Kendi aleyhinde konuşulacakları çürütmek amacıyla ilk önce kendisi dedikoduya başlar. Yalanlar söyleyerek kendini haklı çıkarmaya bakar.

4- Kendisine yüklenen bir şeyi başkasına atmak için gıybet edenler de vardır. Kendisi hakkında bir şey anlatıldığı zaman o da başkasının kötülüklerinden bahsederek kendisini oradaki konuşmadan uzaklaştırmak ister. Ya da yaptığı kötülüğü "onunla beraber yaptık" gibi konuşarak suçu böler ve kendi üzerindeki sorumluluğu azaltmaya çalışır.

5- Kendisini üstün göstermek ve başkasını küçümsemek için yapılan gıybettir. "O bilmez, yanlış konuşur, aklı ermez" sözleriyle yapılan gıybettir.

6- Haset etmek, çekememezliktir. Bu tür gıybet de kendisinden başkasının övülmesine dayanamayan kimsenin yaptığı gıybettir. Bu düşünceyle övülen kimseyi başkalarının gözünde küçük düşürmek için onun aleyhinde konuşur.

7- Şakalaşmak ve eğlenmek için yapılan gıybettir. Bunda da kişi, zamanını gülüp eğlenmeyle geçirmek için başkasının kusurlarını sıralar. Bunun sebebi de kendini beğenmektir.

8- Adamı küçük görerek hem gıyabında hem de yüzüne karşı onu küçümsemektir. Bunun nedeni de kendini büyük görürken onu küçük görmektir.

Özel Olan Üç Sebep:

Bu üç özel sebep, gıybetin en ince ve en derin noktalarını oluşturur. Çünkü bunlar, şeytanın iyilik olarak düşündürdüğü kötülüklerdir. Bunlarda hayır varsa da şeytan bunları şer ile karıştırır.

1- Birincinin kaynağı din ve diyanettir. Herhangi bir adamın hatasına ve bir gerçeği inkârına şaşmasıdır. Falan adamın bu işine şaşıyorum, der. Bunu söylerken bazen gerçekçi olur ve inandığını söyler. Ama buradaki görevi, isim vermeden, "böyle yapanlara, bu hataya düşenlere şaşarım" şeklinde konuşmasıdır. Ne yazık ki şeytan, adamın ismini söylettirir. "Falancanın falan adam ile ne işi olur, şaşarım. Oysaki o adam cahildir," demek gibi.

2- Adama acıyıp merhamet etmesidir. Adamın bir davranışından dolayı üzülür. Ancak isim vermemesi gerekir. İsim verince yine gıybet etmiş olur. Üzüntüsünden dolayı şeytan onu kandırır ve isim vermesine sebep olunca gıybete kapı açmış olur.

3- Gördüğü veya duyduğu bir kötülüğe Allah için kızmasıdır. Öfkesini ifade ederken kızdığı adamın ismini söyleyince gıybet etmiş olur. Oysaki öfkesini, isim vermeden ortaya koyarak o kişiyi teşhir etmemesi gerekirdi.

Kim Daha Hayırlı?

Amir b. Vaile şöyle anlatıyor:

"Resulullah (s.a.v.) zamanında adamın biri, bir meclise uğradı ve selam vererek oradan geçti. Gittikten sonra orada olanlardan biri:

- Ben bu adama Allah için buğz ederim ve bunu sevmem, dedi. Oradakiler:

- Ayıp ettin. Neden böyle konuştun? Yemin olsun ki bu dediklerini biz adama söyleyeceğiz, dediler. Ve giden adamın arkasından birini göndererek olanları ona anlattılar. Bunu duyan adam, hemen Resulullah'ın (s.a.v.) yanına gitti ve hakkındaki konuşmalardan şikâyette bulundu. Resulullah (s.a.v.), onun hakkında kötü konuşan adamı çağırttı ve sordu:

- Böyle konuştun mu?

Adam:

- Evet, konuştum ya Resulullah, dedi ve inkâr etmedi.

Resulullah (s.a.v.)

- Neden buğz ediyorsun, söyle bakalım?

Adam:

- Ben bunun hizmetçisiydim. Bütün hallerini bilirim. Bu adamın farzdan başka namaz kıldığını görmedim, dedi. Öteki adam:

- Ya Resulullah, kendisine sorun bakalım, kıldığım namazın abdestinde, secdesinde, rükûsunda bir eksiklik yaptım mı?

Resulullah (s.a.v.) sordu. Adam da:

- Hayır, kusur etmedi. Ama Ramazan ayından başka bir gün oruç tutmadı, dedi. Öteki adam:

- Ya Resulullah, sor bakalım, Ramazan orucundan bir şey eksilttim mi?

Resulullah (s.a.v.) sordu. Adam da:

- Hayır, ramazan orucunda bir kusur etmedi. Ama farz olan zekât borcundan başka bir kuruş vermedi.

Öteki adam:

- Ya Resulullah, sor bakalım, zekâtımda bir kusur ettim mi?

Resulullah (s.a.v.) sordu. Adam:

- Hayır, zekât borcunda bir kusur etmedi, deyince Peygamberimiz (s.a.v.):

- Kalk, belki bu adam senden hayırlıdır, buyurdu. *(Ahmed)*

Dili Gıybetten Korumanın Çareleri

Bütün kötü huylardan kurtulmanın çaresi ilim ve amel iledir. Her kötülükten kurtulmanın tedavisi, sebebinin zıddıyla yapılır. Dili, gıybetten korumanın kısa ve uzun olmak üzere iki yolu vardır.

Kısa Yolu: Gıybetin Allah'ı gazaplandırdığını bilmek ve aynı zamanda gıybetin bütün sevaplarımızı sildiğini, hatta gıybetini yaptığımız kimsenin günahlarını da yüklendiğimizi bilmemiz bundan kurtulmanın kısa yollarındandır. Ayrıca gıybet etmenin Allah'ın katında leş yiyene benzetildiğini de unutmamak gerekir. Peygamberimizin (s.a.v.) şu sözünü de sürekli akılda tutmalıdır:

"Ateşin kuru odunu yakması, insanın sevaplarını mahvetmekte gıybetten daha süratli değildir."

Gıybetten kurtulmanın bir yolu da kişinin kendisini düşünmesidir. Çünkü kendisinde kusur bulan, onları düzeltmekle meşgul olur. Peygamberimiz (s.a.v.) bu konuda şöyle buyurmuşlardır:

"Müjde o kimseye ki kendi kusurları, insanların kusurlarını araştırmaktan kendini alıkoymuştur." *(Bezzar)*

Kendisi kusurlu olan birisine yakışan, başkasının kusurlarıyla uğraşmak yerine kendi kusurlarını düzeltmekle meşgul olmaktır. Kendi kusurlarını düzeltmediği gibi başkalarını da mazur görmeli, onları affetmeye gayret etmelidir. Başkasının kendisi hakkında gıybet etmesinden nasıl hoşlanmıyorsa o da başkasını gıybet etmemelidir.

Uzun Yolu: Gıybetten kurtulmanın uzun yolu ise neden gıybet ettiğini iyice düşünmesidir. Kızgınlığı yüzünden gıybet ederse, "Ben bu adam için öfkemi devam ettirirsem ve durmadan kendisini gıybet edersem, Allah'ın yasak ettiği gıybeti yapmakla Allah'ın gazabına uğrarım" diye düşünmelidir.

Çünkü Resulullah (s.a.v) şöyle buyurmuştur:

"Muhakkak cehennemde bir kapı var ki bu kapıdan sadece kinin şiddetini, Allah'a isyan ederek başkalarına zarar vermek suretiyle yenenler girecektir." *(İbn Ebi'd-Dünya)*

Başka bir hadiste de Peygamberimiz (s.a.v.) şöyle buyurmaktadır:

"Rabbinden korkanın dili ağırlaşır ve öfkesine şifa olmaz, intikam almaya kalkışmaz." *(Ebu Mansur)*

Bir insan eğer arkadaşlarının hatırı için gıybet yapıyorsa, bundan kurtulmasının çaresi de Allah'ın gazabını, arkadaşının rızasında aramanın büyük günah olduğunu bilmektir. Allah'ın rızasını nasıl geçtiğini, O'nun rızasını nasıl hor gördüğünü düşünmesi gerekir. Çünkü böyle yapmazsa Rabbini küçük, başkasını büyük görmek demek olur ki bu, Allah'ın gazabını celbeder. Bunun için gıybetten vazgeçmeli. Arkadaşlarına bile başkasının kötülüklerini anlattıkları zaman Allah için kızmalıdır. Çünkü onlar Rablerine en çirkin bir günah olan gıybet ile isyan etmektedirler.

Başkasının kendi aleyhindeki dedikosunu engellemek için gıybet yapıyorsa bunu engellemenin yolu da Allah'ın gazabına uğramanın başkasının düşmanlığından daha şiddetli olduğunu bilmesidir. Çünkü bir defa gıybetle zaten Rabbinin gazabına maruz kalıyorsun. Üstelik bu gıybetle düşmanının kötülüğünden de emin olamazsın. Dünyalık konusunda kurtulduğun şüpheli, üstelik sevaplarından da gidiyor. Her türlü zarardasın. Kendi kusurlarını kapatmak için başkasının dedikodusunu yapmak ise tam anlamıyla cahilliktir. Çünkü bu, batılı örnek almaktır. Allah'ın emrine karşı gelene kim olursa olsun uyulamaz. Ona uyarak kendini ancak ahmak birisi ateşe atar.

Gıybetteki amacın başkalarını yererek kendini üstün göstermek ise bundan kurtulmak için bunu yapmakla Allah katındaki değerinin düşeceğini düşünmelisin. Bu yüzden insanlar sana değer vermeyebilir. Çünkü herkese dil uzatan birinin itibarı zayıflar. İnsanların bu şekilde sana kıymet vermeleri kesin değilken, onların sana vereceği kıymet, seni Allah katındaki sorumluluktan kurtaramaz.

Haset ve çekememezlik sebebiyle gıybet ediyorsan, bundan kurtulmanın yolu, iki azabı bir araya getirdiğini bilmenle olur. Çünkü sen ona verilen dünyalığı çekemeyerek dünyada kendini sıkıntıya sokmuş oluyorsun. Bunun yanında bir de gıybetini yaparak ahiretini de mahvediyorsun. İki dünyada da bozguna uğradın. Haset ettiğin kişiyi vurmak isterken kendin vuruldun. İyiliklerini de ona ödeyerek kendinin düşmanı, onun dostu oldun. Çünkü gıybetin sana zararı, ona ise yararı dokundu. Hatta çoğu kere onu çekememezliğin ve gıybetin senin alçalmana, onun ise yükselmesine neden olur.

Eğer gıybetteki amacın alaya almak, küçük düşürmek ise bundan kurtulman gerekir. Çünkü insanları küçük düşürürken sen de Allah'ın, meleklerin ve peygamberlerin nezdinde küçük düşeceğini bilmelisin. Kıyamet gününde küçük düşürdüğün, alay ettiğin kimsenin günahlarını yüklenerek cehenneme düşeceğini de aklından çıkarmamalısın. Dünyada birkaç kişiyle beraber bu duruma güldün, eğlendin ama ahirette bunun hesabını vermekte çok ama çok zorlanacaksın.

Ama birinin günahlarından dolayı ona acıyarak gıybetini yapıyorsan bu iyi. Ancak burada da şeytan boş durmaz.

Sana günah kazandırmak ve senin sevaplarından ona vermek için seni hiç anlayamacağın bir şekilde konuşturur ki anlamadan adamın ismini anmış olursun. Bu da senin için tehlikedir.

Allah için kızman da böyledir. O da isim vermek suretiyle gıybet etmeyi gerektirmez. Allah için duyduğun buğzun sevabını azaltmış olur ve şeytan, seni Allah'ın gazabına uğratmak için gıybet yaptırır. Bunu bilerek gıybetten uzak durulmalıdır.

Şaşırtıcı ve hayret verici bir olay seni gıybete sevk ediyorsa, her şeyden önce başkasının dini veya dünyası için kendini mahvetmek yanlıştır. Eğer ki sen, onun gizli hallerini açığa çıkarırsan Allah da seninkileri açığa çıkarır ve utanç duyarsın.

Kalp ile de Gıybetin Haramlığı

Dil ve vücut organlarıyla yapılan imalı gıybetler haram olduğu gibi kalp ile yapılan gıybetler de haramdır. Buna "suizan" yani kötü zan denir. Dilinle bir adamın kötülüklerini saymak yasak olduğu gibi kalbin ile de kötü zanda bulunmak yasaktır. Kimseye kötü zanda bulunmak doğru değildir. Kötü zandan kasıt, kalbe ne şekilde gelirse gelsin demek değildir. Adamın kötülüğüne kalbin hükmetmesidir. Hatır, hadis, nefs ve şüphe kısımları bağışlanmıştır. Yasak olan zandır. Zan ise kalbin temayül ettiği taraftır. Çünkü Allah (c.c.) Hucurat Sûresi'nin 12. ayetinde:

"Ey iman edenler, zannın çoğundan sakının, zira zannın bazısı günahtır," buyurmuştur.

Suizannın haram olmasının nedeni, herkesin kalbinde olanı ancak gaybı bilen Allah tarafından bilinmesidir. Bu yüzden gözünle görüp yorumlayamadığın kesin bir bilgiye sahip olmadıkça, kimse için kötü düşünmeye hakkın yoktur. Gözünle görmeyip kulağınla duymadığın konularda kalbine gelen şüpheler şeytandandır. Şeytan da en fâsık (günahkâr) olandır. Onu onaylamak yerine yalanlamak gerekir. Bu konuda Rabbimiz (c.c.) şöyle buyuruyor:

"Ey müminler, eğer fâsıkın (günahkârın) biri size bir haber getirirse, onun iç yüzünü araştırın, yoksa bilmeden bir millete kötülük edersiniz." *(Hucurat Sûresi, 6.ayet)*

Şeytanı onaylamak kesinlikle caiz değildir. Eğer olayda kötü tarafı hayal ettirecek bir delil var, ancak tersi olma ihtimali de varsa, yine onu olmuş gibi düşünmek caiz değildir. Örneğin bir adamın ağzını koklayıp ağzından şarap kokusu almakla, onun hakkında şarap içme cezası uygulanamaz. Çünkü belki içmeden ağzını çalkalamış veya zorla içirilmiş olabilir. Bütün bunlar olabilirse de kalben onun içtiğini onaylamak doğru değildir. Bu şekilde suizan yapılmış olur ki bu, haramdır. Çünkü Resulullah (s.a.v.) şöyle buyuruyor:

"Muhakkak ki Allah, Müslümanın malını, canını ve kendisini suizanda bulunmayı haram etmiştir." *(Beyhaki)*

Bir adamın malının mübah olması için ne gibi şartlar aranırsa, kötü zanda bulunmak için de aynı şartlar aranır. Ya gözünle görecek ya da adil bir şahit ile açığa çıkacak, belli olacak. Ortada gözle görülen bir durum ya da şahit yokken aklına suizan vesvesesi gelirse hemen ondan kurtulmak gerekir. Olayın ve adamın iç yüzünün sana kapalı olduğunu, olayın hayra da şerre de açık olduğunu düşünerek suizandan uzak olunmalıdır.

Eğer şüpheler durmadan dalgalanıyor ve insanın hatırına çeşitli şeyler getiriyorsa suizan şöyle anlaşılır:

O kişiye karşı eski davranışın değişmesi, adamdan nefret etmeye başlaman, kendisinden ağırlanman ve ona artık hürmet ve saygı göstermekte tembellik etmendir. Bir sıkıntı ile karşılaştığı zaman buna aldırış etmemek de suizannın belirtisidir. Bütün bunlar suizannın kişide yerleştiğinin delilleridir. Suizandan kurtulmanın yolunu Peygamberimiz (s.a.v.) şöyle anlatıyor:

"Üç şey müminde bulunabilir. Bunlardan kurtuluş çareleri de vardır. Suizandan kurtuluş çaresi, şüphelendiği şeyin üzerine düşmemektir."

Yani ne kalbiyle ne de işiyle bu olayın üzerine gitmemek, araştırmamaktır. Suizannın kalbe yerleşmesi, sevginin nefrete dönüşmesiyledir. Azalara yerleşmesi ise suizannın gereğini yapmakladır. Şeytan bazen basit bir hayalle bile insanların kötülüklerini kalbe sokar, yerleştirir. Ayrıca adamın bu kötülüklerini ve gizli hallerini bulmak için kendisine zekâ ve çabuk davranmayı kabullendirir.

Şeytan, 'Mümin Allah'ın nuruyla bakar ve kapalı gerçekleri bulur' vesvesesiyle insanı kandırır. Suizan ise Allah'ın nuru değil, şeytanın vesvesesidir. Bunu önemsememek gerekir. Elbette doğru bir kaynaktan geleni doğrulamalısın. Birine hüsnüzan ederken diğerine suizanda bulunmak uygun olmaz. Bunların arasında kişiyi zan altında bırakacak bir anlaşmazlık araştırılmalıdır. Çünkü şeriat, adil babanın evladı hakkındaki şahitliğini bile reddeder. Çünkü bu, töhmet yeridir. Bunun gibi düşmanın şahitliğini de kabul etmez. Şahit, düşman olunca –adil de olsa- orada duraklamalı, ne onaylamalı ne de reddetmeli, belki bu adam, benim için kapalıydı, şimdi de açık değil demelidir.

Bazı insanlar görünüşte adil olur, düşmanlık da düşünmez ancak sürekli kusur aradıkları için bunlar da gerçekte adil değildirler. İnsanların kusurlarını araştırıp çekiştiren günahkârdır. Hatta bunu âdet haline getirmişse şahitliği kabul edilmez. Maalesef insanlar gıybete o kadar çok daldılar ki bunların üzerinde durmaz hale geldiler.

Bir Müslüman hakkında kötü zanna kapıldığında, sana yakışan, o düşünceyi fazla önemsememek ve onun için hayır duasında bulunmaktır. Çünkü bu davranış, şeytanı kızdırır ve senden uzaklaşır. Artık kötü şeyler hatırına getirmez. Yine adama dua edeceğinden korkar.

Bir Müslümanın hatasını öğrendiğin zaman onu tenhada uyarmalı, nasihat etmelisin. Ama gıybet konusunda şeytan seni kandırmasın. Nasihat ederken 'bu da senin kusurun' diyerek kendini büyük, onu küçük gösterme. Amacın, duyduğun üzüntüyle beraber onu bu durumdan kurtarmak olmalıdır. Onun hakkındaki üzüntün, kendi hakkındaki üzüntün gibi olsun. Hatta onun kusurunu, senin nasihatinle değil, kendiliğinden gitmesi senin için daha sevimli olsun. Bu şekilde davranmanın mükâfatını alırsın.

Suizannın kötülüklerinden biri de araştırmaktır. Çünkü kalp, yalnız zan ile yetinmez, gerçeğe ulaşmak ister. Bu yüzden de araştırmakla meşgul olur ki bu da yasaktır. Çünkü Rabbimiz (c.c.) Hucurat Sûresi'nin 12. ayetinde şöyle buyurmaktadır:

"Casusluk etmeyiniz."

Suizan, gıybet ve casusluk, hepsi birden yasaktır. Casusluk (tecessüs) demek, Allah'ın kullarını, Allah'ın örtüsü altında bırakmayıp, onların gizli kusurlarını açığa çıkarıp rezil etmektir. Oysaki o kusurların gizli kalması, onların dinleri ve kalp huzurları bakımından daha iyiydi.

Gıybete İzin Verilen Mazeretler

Başkasının gıybetini yapmak için bazı durumların oluşması gerekmektedir. Bu durumlar şunlardır:

1- Zulme Uğramak: Uğradığı haksızlıkla ilgili olarak insanlara yapılan şikâyettir. Bu durumda zulme uğrayan, her şeyi açıklayabilir. Örneğin, herhangi bir kadıyı zulümle, rüşvetle suçlayarak anlatırsa gıybet etmiş olur ve günaha girer. Ama kendisi bizzat kadı tarafından haksızlığa ya da zulme uğradığı zaman bu durumu daha yüksek bir yere şikâyet etmesi günah değildir. Çünkü Peygamberimiz (s.a.v.) bu konuda şöyle buyurmuştur:

"Hak sahibi için konuşmak ve anlatmak vardır." *(Buhari ve Müslim)*

"İşçinin hakkını (zenginin) geciktirmesi zulümdür." *(Buhari ve Müslim)*

"Zenginin herhangi bir hakkı erteleyip vermemesi (sınırı aşmayacak şekilde) kendisine sataşılmasını (ve kadı tarafından) ceza verilmesini ve azarlanmasını haklı kılar." *(Ebu Davud)*

2- Kötülüğü Düzeltmek için: Yapılan kötülüğü düzeltmek ve kötülük yapanı yola getirmek için yardım dilemektir.

Rivayete göre Hz. Ömer (r.a.), Hz. Osman (r.a.) veya Hz. Talha (r.a.)'nın yanına uğramış, selam vermiş, selamını almamış. Bunun üzerine Hz. Ömer (r.a.), durumu anlatmak için Hz. Ebubekir'in (r.a.) yanına gitmiş. Durumu öğrenen Hz. Ebubekir (r.a.) ikisinin arasını düzeltmiş. Hz. Ömer'in (r.a.) bunu anlatması, kendisine yardım edilmesi içindi. Bunun gibi yine Hz. Ömer (r.a), Şam'da Cündül'ün içki içerek sarhoş olduğunu duyunca ona, Mü'min Sûresi'nin 1-3 ayetlerinin olduğu bir yazı gönderdi:

"Rahman ve Rahîm olan Allah'ın adıyla. Hâ, Mîm. Kitabın indirilmesi, güçlü ve alîm olan Allah katındandır. O, günahı bağışlayan, tevbeyi kabul eden, cezası şiddetli, lütfu bol olandır."

Haber vereni işe karıştırmadı. Çünkü amacı, onu içkiden vazgeçirmekti. Başkasının nasihatinden daha çok Hz. Ömer'in (r.a.) nasihati onda daha etkili oldu ve içki içmeyi bıraktı. Bu amaçla yani iyilik niyetiyle yapılan gıybete de izin verilmiştir.

3- Fetva Almak için: Fetva almak için de gıybete izin verilmiştir. Birisi müftüye giderek içinde bulunduğu sıkıntıdan kurtulmak için fetva almak amacıyla "Babam, kardeşim, eşim bana kötülük yapıyorlar," diyerek gıybet yapabilir. Çünkü Utbe'nin hanımı Hind, Peygamberimize (s.a.v.) giderek:

- Kocam cimri bir insandır. Beni ve çocuklarımı doyasıya yedirmiyor, diye şikâyet etti. Sonra da:

- Gizlice alıp çocuklarımı yedirebilir miyim, diye sordu. Peygamberimiz (s.a.v.) de:

- Ölçülü bir şekilde sana ve çocuğuna yetecek kadarını alırsın, buyurdu.

Hind, Peygamberimize (s.a.v.) gelerek kocasının kendisine karşı olan davranışına karşı nasıl cevap verebileceği konusunda fetva almak için başvurdu. Peygamberimiz (s.a.v.) de onu bu davranışından dolayı menetmedi.

4- Müslümanı Kötülükten Korumak için: İyi bir insanın kötü birisiyle arkadaşlık ettiğini gören biri, iyi arkadaşına kötü alışkanlıkların veya huyların geçmesinden endişe ederse, kötünün durumu hakkında ona olanları anlatabilir. Ama iyi adamın bundan etkilenme olasılığı yoksa anlatmaya gerek yoktur. Çünkü bu durumda da işin içine haset girer. Şeytan fark etmeden "şefkat" gösteriyormuş gibi zannetmesini sağlayarak insanı aldatır.

Yine, satılan bir malın kusurunu biliyorsan söylemelisin ki müşteri zarar etmesin. Dinlenen şahit hakkında da sorulduğu zaman bildiğini olduğu gibi söylemek gerekir. Evlenme, emanet verme, yapılan istişarelerde de bu hüküm geçerlidir. "Bunu alma, bu sana yaramaz" denildiği zaman vazgeçiliyorsa iyi, ama vazgeçmiyorsa o zaman bildiğin kusuru olduğu gibi anlatmak gerekir. Çünkü Peygamberimiz (s.a.v.) şöyle buyurmaktadır:

"Günahkârı anmaktan çekiniyor musunuz? Onun her halini açıklayın ki herkes onu bilsin. Onda olan haller ile onu anlatınız ki insanlar, ondan kendilerini korusunlar." *(Taberani)*

Hatta üç kişinin gıybeti yok der: zalim hükümdar, bidat sahipleri ve günahını açığa çıkaranlar.

5- Birinin Kusurundan Dolayı Lakapla Anılır Hale Gelmesi: Aksak (a'rec), domlaç gözlü (a'meş) gibi. Böyle insanlar bu kusurlarından aldıkları lakaplarla anıldıkları için böyle anılmaları gıybet sayılmaz. Mesela Ebu'z-Zinad-ı A're-c'den veya Selman-ı A'meş'den rivayetle demek gibi. Âlimler, adamı anlatabilmek için bu usulü kabul etmişlerdir. Hatta bu öyle bir hale gelir ki o kişi, bundan sıkılmaz olur. Çünkü onunla meşhur olmuştur. Ama böyle anmak yerine daha iyi bir isim olursa onunla anmak daha doğru olur.

6- Günahı Alenen İşleyenler için: Aşikâre içki içen veya kumar oyanayanları anlatmak gıybet değildir. Çünkü o, kendisi hakkında böyle konuşulmasından rahatsız da değildir. Çünkü Peygamberimiz (s.a.v.) bu konuda şöyle buyurmuştur:

"Hayâ perdesini yüzünden atanın gıybeti olmaz." *(İbn Adiy)*

Bu konuda Hz. Ömer (r.a.) de: "Günahı alenen işleyenin gıybeti haram değildir," demiştir. Burada sınır, günahın alenen işlenmesidir. Alenen işlenen ve çekinilmeyen günahın anlatılması gıybet değildir. Ancak günahı gizleyerek işliyorsa bunun anlatılması gıybettir. Çünkü kusurunu gizleyenin hakkına riayet şarttır.

Gıybetin Kefareti

Gıybet edenin yapması gereken, pişman olarak Allah'tan af dilemek ve tevbe etmektir. Ancak bu, gıybetin getirdiği sorumluluktan kurtarmaz. Çünkü gıybet eden, gıybetini yaptığı kişiden de helallik almalıdır ki bu borçtan kurtulsun. Gıybet ettiği kimseden helallik isterken içinde de üzüntü hissetmeli, bu üzüntüden dolayı yaptığından pişman olmalı ve bu durumu gıybetini yaptığı kimseye bildirmelidir. İçinden pişman olmadığı halde pişmanmış görünüp de helallik isterse bu kez de işin içine riyakârlık girer ve yine bir günah işlemiş olur.

Hasan Basri, "Helallik almaya gerek yoktur. Sadece tevbekâr olmak yeterlidir," diyerek buna da Peygamberimizin (s.a.v.) şu sözünü delil gösterir:

"Gıybet ettiğin adamın gıybetinin kefareti, onun için istiğfar etmendir." *(İbn Ebi'd-Dünya)*

Mücahid de: "Din kardeşinin etini yemenin yani gıybetini yapmanın kefareti, onu övmen ve onun için hayır dua etmendir," demiştir.

Ata b. Ebi Rebah, gıybetin kefareti için: "Gıybetini yaptığı adamın yanına gider. Ona, 'Senin gıybetini yaptım, zulmettim, hatta yalan söyledim, bu suretle sana kötülükte bulundum. Şimdi pişman oldum. Senden helallik istiyorum. Sen istersen hakkını alırsın, istersen helal edersin,' der ve bu şekilde helallik ister," demiştir. Sözlerin en doğrusu da budur.

Peygamberimiz (s.a.v.) de bunu destekleyerek şöyle buyurmuştur:

"Kimin bir kardeşinin ırz, şeref ve haysiyetiyle veya malı ile ilgili bir haksızlığı varsa, paranın pulun bulunmayacağı ve kıymeti olmayacağı bir gün (kıyamet günü) gelmeden, hak sahibinden helallik alsın. Çünkü o gün, kendi iyiliklerinden alınır ve hak sahibine verilir. Eğer kendi iyiliği yoksa, hak sahibinin günahları da kendi günahları üzerine eklenir." *(Buhari ve Müslim)*

Bütün bu rivayetlerden anlaşıldığı üzere gıybet ettikten sonra helallik almak gereklidir. Eğer ölmüş ise veya yeri belli değilse onun için dua, istiğfar ve hayır hasenat yapmalıdır.

Peki, helallik isteyene hakkını helal etmesi mecbur mudur?

Hayır, mecbur değildir. Çünkü o, fazladan bir ikramdır. Ama helal etmesi daha güzeldir. Özür beyan ederek af dileyene düşen vazife, o kimseye çok yalvarmak, onun gönlünü hoş ederek af dilemektir. Eğer gıybetini ettiği kimse, bütün yalvarmalara rağmen hakkını helal etmezse, bu özürler de af dileyen için bir hasene ve sevaptır. Kıyamet günü gıybet karşılığı olarak mizana konulur.

Sözün kısası, affetmek daha faziletlidir. Hasan Basri şöyle diyor:

"Kıyamet günü yaratılanlar, âlemlerin Rabbi olan Allah'ın huzurunda toplandıkları zaman, Allah 'alacağı olanlar kalksınlar' diye çağırır. Bu davete ancak dünyada affedenler katılır. Çünkü Kur'an'ı Kerim'de:

"Affa sarıl, iyiliği emret ve cahillerden yüz çevir," *(Araf Sûresi, 199. Ayet)* buyurulmaktadır.

Peygamberimiz (s.a.v.) de Cebrail'e (a.s.) sordu:

- Ya Cebrail, bu af nedir?

Cebrail (a.s.):

- Allah sana emrediyor, sana zulmedeni affeyle, sana gelmeyene git ve sana vermeyene ver, diye cevap verdi.

Hasan Basri'den yapılan bir rivayette de adamın biri, Hasan Basri'ye:

- Ya Hasan, falancı seni gıybet etti, deyince Hasan, o adama bir tabak hurma göndererek:

- İşittiğime göre sen bana amelinden bir miktar hediye ettin, ben de bu hurma ile sana karşılıkta bulunabildim, beni mazur gör ve hediyemi kabul eyle, dedi.

Dilin On Altıncı Afeti:

(Nemime) Söz Taşıma, Kovuculuk Yapma

Rabbimiz (c.c.) bu konuda Kalem Sûresi'nin 11 ve 13. ayetlerinde şöyle buyuruyor:

"Dili ile iğneleyen, kovuculuk eden, iyiliği daima önleyen, aşırı giden, suç işleyen, çok yemin eden alçak zorba, bütün bunlar dışında bir de soysuzlukla damgalanmış..."

Yine Kur'an'ı Kerim'deki Hümeze Sûresi'nin 1. ayetinde şöyle buyurulur:

"Dili çekiştirip yüzünden de alay edenlerin vay haline!"

Tahrim Sûresi'nin 10. ayetinde ise şöyle buyurulmaktadır:

"Onlar, kullarımızdan iki iyi kulun nikâhındayken, onlara karşı inkârlarını gizlemişlerdi de iki peygamber, Allah'tan gelen azabı onlardan savamamışlardı."

Rivayete göre bu ayette, Lut Peygamberin (a.s.) hanımı eve gelen misafirleri haber verirdi. Nuh Peygamberin (a.s.) karısı da Nuh'un mecnun olduğunu söylediği anlatılıyor.

Peygamberimiz de (s.a.v.) bu konuda şöyle buyurmuşlardır:

"Söz gezdiren cennete giremez." ***(Buhari ve Müslim)***

"Allah katında en sevimliniz, ahlâkı en güzel olanınız ve halk ile güzel geçinip uyum sağlayan ve kendisiyle uyum sağlananınızdır. Allah katında en sevimsiz olanınız da insanlar arasında laf götürüp getiren, dostların arasını açmak için çalışan ve temiz insanlarda kusur arayanınızdır." ***(Taberani)***

"Size kötülerinizi haber vereyim mi? Söz gezdirmekle insanlar arasında dolaşıp dostların arasını bozan ve kusursuzlara ayıp arayanınızdır." *(Ahmed)*

"Kim bir Müslümanı haksız yere rezil etmek için bir sözü ifşa ederse, Allah kıyamet günü bu yüzden onu cehenneme atmakla rezil eder." *(Taberani)*

"Bir Müslümanın aleyhinde yalan yere şahitlik eden, cehennemdeki yerini hazırlasın." *(İbn Ebi'd-Dünya)*

"Allah cenneti yarattığı zaman, ona:

- Konuş, dedi. Cennet de:

- Bana giren mutluluğa ulaştı, dedi. Allah da:

- İzzetim ve celalim hakkı için sekiz sınıf insan sana giremez. Onlar: içkiye devam edenler, zinada ısrar edenler, söz gezdirenler, deyyuslar *(karısı veya yakını olan kadının kötü yolda olmasına aldırmayanlar)*, şurtiler *(kethüdalar)*, kendilerini kadınlara benzeten erkekler, akrabalarıyla ilgilerini kesenler, ben şöyle böyle yapmazsam Allah'ın ahdi üzerime olsun deyip adadıktan sonra sözlerini yerine getirmeyenlerdir, buyurdu."

Söz Taşımanın Tarifi ve Reddinin Vacip Olması

Söz taşımak, genellikle birinin aleyhinde konuşulan sözü ona ulaştırmaktır. "Falan senin hakkında şöyle böyle dedi" demek buna bir örnektir. Ancak söz taşımak sadece bu değildir. Hoşa gitmeyen bir şeyi açıklamak da söz taşımaktır. Bu açıklama, ister söyleyenin ister söylenen kimsenin ve ister daha başka birinin hoşuna gitmeyen bir şey olsun, hepsi aynı kapsamdadır. Aynı zamanda bu açığa çıkarma, söz, yazı ve işaretten hangisi olursa olsun hepsi de birdir. Söz taşımanın hakikati, açıklanması hoş görülmeyen bir şeyi açıklamaktır. İnsana yakışan, insanların hallerinden hoşa gitmeyecek bir şeyi gördüğü zaman ona susmasıdır. Ancak bir Müslümana bir faydası dokunacaksa ya da bir kötülüğü önleyecekse onu açıklayabilir.

Kendisine söz getirilenin yapması gerekenler:

Söz gezdirmenin belirgin sebebi, ya hakkında söz taşıdığı kimsenin kötülüğünü istemesi ya da söz götürdüğü düşmanıyla birleşerek ona zarar vermek istemesidir. Kendisine böyle söz getirilenin şu altı kuralı uygulaması gerekir:

1- Bu adama inanmamaktır. Çünkü söz getiren günahkârdır. Şahitliği geçersizdir. Çünkü Rabbimiz (c.c.), Hucurat Sûresi'nin 6. ayetinde şöyle buyurmaktadır:

"Ey inananlar, eğer fâsıkın (günahkârın) biri size bir haber getirirse, onun içyüzünü araştırın, yoksa bilmeden bir millete fenalık edersiniz de sonra ettiğinize yanarsınız."

2- Onu bu hareketinden dolayı kınayarak nasihatle bu işinden vazgeçirmeye çalışmaktır. Çünkü Allah (c.c.), Lokman Sûresi'nin 17. ayetinde şöyle buyurmaktadır:

"İyiliği emret, kötülüklerden sakındır."

3- Allah için ondan nefret etmektir. Çünkü bu adam, Allah katında sevimsizdir. Allah katında sevimsiz olandan nefret etmek vaciptir.

4- Bu adamın sözü ile diğer adama suizan etmemek, kötü niyet beslememektir. Çünkü Rabbimiz (c.c.), Hucurat Sûresi'nin 12. ayetinde şöyle buyurmaktadır:

"Zannın çoğundan sakının. Çünkü zannın bazısı günahtır."

5- Bu adamın sözüyle de araştırma yapmamaktır. Çünkü Allah (c.c.) casusluktan menetmiştir.

6- Sözü getirenin yaptığı şeyi kendine reva görmemek ve onun sözünü kimseye söylememektir. "Falanca bana şöyle dedi" şeklinde konuşmamalıdır. Yoksa menedilen şeyi kendin işler, hem söz taşıyan hem de gıybet eden olursun.

Rivayete göre Ömer b. Abdülaziz'in hükümdarlığı zamanında bir adam kendisine gelerek:

- Falanca senin için şöyle böyle diyor, dedi.

Ömer:

- İstersen bu işi araştıralım. Eğer yalancı çıkarsan; "Ey inananlar, eğer fâsıkın (günahkârın) biri size bir haber getirirse, onun içyüzünü araştırın, yoksa bilmeden bir millete fenalık edersiniz de sonra ettiğinize yanarsınız" (Hucurat Sûresi, 6.ayet) hükmüne girersin. Eğer söylediğin doğru çıkarsa da "Dili ile iğneleyen, kovuculuk eden..." (Kalem Sûresi 11.ayet) hükmüne girersin ki her iki şekilde de sorumlusun. İstersen üçüncü seçeneği tercih edelim ve seni affedelim de bu iş böyle kalsın, dedi.

Adam:

- Af diliyorum, bir daha böyle bir işe girmem, dedi.

Büyük zatlardan birini, dostlarından biri ziyarete gelir. Ziyareti sırasında diğer arkadaşlarından biri kendi aleyhindeki sözlerini anlatır. Büyük zat ona şöyle der:

"Bu ziyaretin çok kötü oldu. Çünkü ziyaretinde üç cinayet işledin. Birincisi, kardeşliğimle aramı açtın. İkincisi, kalbimin huzurunu kaçırdın. Üçüncüsü de sana olan güvenimi kaybettin."

Süleyman b. Abdülmelik ve Zühri bir arada otururken yanlarına bir adam geldi. Süleyman, adama döndü ve:

- Duyduğuma göre aleyhimde şöyle böyle demişsin, dedi.

Adam:

- Hayır, ben böyle bir şey konuşmadım, dedi.

Süleyman:

- Ama bunu söyleyen adam doğru bir insandır, dedi. Bunu üzerine Zühri söze karıştı ve:

- Hayır, sana haber veren bir söz taşıyıcıdır. Söz taşıyıcı ise asla doğru, sadık olamaz, dedi.

Süleyman da Zühri'ye:

- Doğru diyorsun, dedi ve adama:

- Güle güle, gidebilirsin, diyerek onu gönderdi.

Rabbimiz (c.c.) bu konuda Şûra Sûresi'nin 42. ayetinde şöyle buyurmaktadır:

"İnsanlara zulmedenlere, yeryüzünde haksız yere taşkınlık edenlere karşı durulmalıdır."

Peygamberimiz (s.a.v.) de şöyle buyurmuştur:

"Şerrinden dolayı kendisinden korkulan kimse, insanların kötülerinden biridir." *(Buhari ve Müslim)*

Yine bir hadisinde Peygamberimiz (s.a.v.) şöyle buyurdu:

"Kesen cennete giremez." 'Bu kesen kimdir?' diye sorduklarında da şöyle buyurdu: "İnsanların arasını ayıran ve söz taşıyıcılık eden kimsedir." Bununla beraber akrabasıyla ilgisini kesen anlamında da kullanılır.

Basra Emiri Abdullah b. Amir'e adamın biri gelerek sordu:

- Duyduğuma göre falanca benim hakkımda size bir şeyler söylemiş. Doğru mudur?

- Evet, doğrudur.

Adam:

- O halde neler söylediğini bana da söyle de ben onları yalanlayayım, dedi

Bunun üzerine Abdullah şöyle cevap verdi:

- Ben kendi dilimle kendi aleyhimde konuşmaktan hoşlanmam. Görüyorsun ki ben ona inanıp da seninle arayı açmadım, daha ne istiyorsun?

Musab b. Zübeyr de şöyle diyor:

"Biz söz taşıyanın sözlerini kabul etmeyi, söz taşıyıcılıktan daha kötü biliriz. Çünkü söz taşıyıcılık bir işaret ve yol göstermektir. Onu kabul etmek ise buna izin vermektir. Bir şeye işaret edip haber veren, onu kabul edip ona izin veren gibi olamaz. Siz söz taşıyıcılığından sakınınız. Çünkü o sözünde doğru olsa da sırrı korumadığı gibi, gizli işleri açığa çıkardığı için, taşınan söz gerçek olsa da alçakça bir davranıştır."

Adamın biri Amr b. Ubeyd'e giderek:

- Temim ailesinden Usvari, sohbetinde durmadan sizin kötülüğünüzden bahsediyor, dedi. Amr o adama şöyle cevap verdi:

- Sen onun sohbetinin hakkını ödemedin. Çünkü onun konuştuklarını bana getirdin. Benim hakkımı da ödemedin, arkadaşımla aramı açacak sözü bana getirdin. Şimdi git, ona söyle, ölüm hepimizi yakalayacak, mezar içine alacak, kıyamet bir araya toplayacak ve en hayırlı hükmü veren Allah (c.c.) hepimizi görecek ve hükmünü verecektir.

Lokman, oğluna şöyle nasihatte bulunuyor:

"Oğlum, ben sana birtakım tavsiyeler söyleyeceğim. Sen bunları yerine getirirsen bulunduğun ortamın reisi olursun. Yakın uzak, kim olursa olsun, herkese tatlı davran, iyiden de kötüden de cehaletini gizle. Dostlarını koru, yakınlarını ziyaret et, söz taşıyanlara kıymet verme, arayı bozmaya çalışanların sözlerini dinlemeyeceğini onlara göster. Öyle arkadaş seç ki ayrıldığınız zaman ne sen onları ne de onlar seni dillerine dolasınlar."

Dilin On Yedinci Afeti:

İki Yüzlü Olmak, İki Hasım Arasına Girerek Herkesin Arzusuna Göre Konuşmak

İki hasım ile ayrı ayrı karşılaşıp her ikisinin arzusuna göre konuşmayanlar pek azdır. Bu da nifakın ta kendisidir. Peygamberimiz (s.a.v.) bu konuda şöyle buyurmuştur:

"Dünyada ikiyüzlü olanların, kıyamet günü ateşten iki dilleri olur." *(Buhari)*

"Kıyamet günü Allah'ın kullarından en kötülerini, ikiyüzlü olanları bulursunuz. Onlar bir tarafa döner ayrı, öbür tarafa döner ayrı söyler; bir tarafa bir yüz, öbür tarafa diğer yüzleri ile giderler." *(Buhari ve Müslim)*

"Kıyamet günü yaratıklar içerisinde Allah katında en nefret edilenler; yalancılar, kibirlenenler ve dostlarına karşı içlerinde kin besleyenlerdir ki onları gördükleri zaman yüzlerine karşı onlara yaltaklık ederler. Allah ve Resulüne davet ettikleri zaman alabildiğine tembel ama şeytan yoluna davet edildikleri zaman ön sırada dururlar."

Bir Adam Nasıl Davranırsa İkiyüzlü Sayılır ve Bunun Sınırı Nedir?

İki hasımdan her birine ayrı ayrı gider, her biri ile güzel konuşur ve aynı zamanda konuştuğu sözde yalancı değilse bu adam ne münafık ne de ikiyüzlü olur. Çünkü insan, birbirine düşman iki kişiyle de arkadaş olabilir. Bu arkadaşlık da kardeşlik derecesinde olmayabilir. Çünkü tam anlamıyla dostluk olursa, kesin olarak bir tarafa meyili olmak durumunda kalır. Ancak her ikisiyle konuştuğu sözleri birbirine taşırsa ikiyüzlü olur. Bu hali söz taşımaktan kötüdür. Çünkü tek tarafa söz taşıyana da nemmam denir.

İki taraftan söz taşıyan, elbette bir tarafa söz taşıyandan daha kötüdür. Söz taşımadan her iki tarafa da "sen haklısın" derse yine ikiyüzlüdür. İki tarafa da yardım sözü verir ve düşmanlıklarından dolayı iki tarafı da överse yine ikiyüzlüdür. Bunun gibi bir tarafın yüzüne karşı "sen haklısın" deyip arkasından ise "haksız" demek de ikiyüzlülüktür. Bu adama yakışan ya susmak ya da hem yanında hem de arkasında haklıya haklı, haksıza haksız demektir.

Ancak kendisinin zararından emin olunamayan kimselere karşı kişi kendini korumak için farklı davranabilir. Ebu'd-Derda (r.a.) bu konuda şöyle diyor:

"Yüzüne güldüğümüz nice insanlar vardır ki kalbimizle onları lanetleriz."

Hz. Aişe (r.a.) de başından geçen şu olayı anlatıyor:

"Bir gün kapıya biri geldi ve içeri girmek için izin istedi. Peygamberimiz (s.a.v.) de:

- İzin verin, girsin, o kabilesinin ne kötü insanıdır, buyurdu. Adam içeri girince Peygamberimiz (s.a.v.) ona karşı gayet tatlı ve yumuşak davrandı. Ben, adam gidince Resulullah'a (s.a.v.) sordum:

- Kötü adamdır dediğiniz halde onunla tatlı tatlı sohbet ettiniz! Bu nasıl olur?

Peygamberimiz (s.a.v.) de şöyle cevap verdi:

- Ya Aişe, insanların kötüsü, şerrinden korunmak için kendisine ikram edilendir. *(Buhari ve Müslim)*

Bu durum iyi niyetle kabul etmenin, güleryüz göstermenin bir sonucudur. Övmek ise yalan olur. Bu durum ancak bir zorunluluk neticesidir. Yani bu davranış caizdir.

Dilin On Sekizinci Afeti:

Övmek

Övmek, bazı durumlarda yermek gibi yasaktır. Övmenin, övende dört, övülende iki olmak üzere altı afeti vardır:

<u>Övenin Afetleri:</u>

1- Aşırı övmekle yalana düşmektir.

2- Övmeye riyanın karışmasıdır.

3- Bazen bilmediği veya bilmesine imkân olmayan durumları övebilir. Peygamberimizin (s.a.v.) huzurunda bir adam, başka bir adamı övmeye başladı. Peygamberimiz (s.a.v.):

-Yazık sana, adamın boynunu kopardın. Eğer bu söylediklerini o adam duysaydı iflah olmazdı. İlle de bir adamı övmek istiyorsanız, falancayı böyle sanıyoruz, Allah'a karşı kimseyi temize çıkaracak değiliz. Herkesin denetleyicisi Allah'tır. Allah da böyle kabul ederse iyidir, dersiniz, buyurdu. *(Buhari ve Müslim)*

Bu afetlerin övmeye dâhil olması, övgünün ancak deliller ile bilinebilen mutlak özellikler hakkında olmasıyladır. Mesela "müttakidir, vera sahibidir, hayırhahdır" gibi sözlerde övmenin afetleri olur. Yoksa gece namazı kılar, hacca gider, sadaka verir gibi sözlerde afet yoktur. Çünkü bunlar gözle görülen şeylerdir. Gözle görülmeyen konularda kesin hükme varmak yanlıştır. Burada kesin karara varmak batıni halini araştırdıktan sonra olur.

Hz. Ömer (r.a.), bir adamın bir adamı övdüğünü duydu. Adama sordu:

- Bu adam ile yolculuğun var mı?

Adam:

- Hayır, dedi.

Hz. Ömer yine sordu:

- Ticari ortaklığınız var mı?

Adam:

- Hayır, dedi. Hz. Ömer tekrar sordu:

- O halde sabah akşam bir arada bulunduğun kapı komşun mu?

- Hayır, dedi adam.

Bunun üzerine Hz. Ömer:

- Vallahi sen onun hakkında bir şey bilmiyorsun, diye cevap verdi.

4- Bazen zalim ve günahkârı övmekle onu mutlu etmiş olmaktır. Oysaki Resulullah (s.a.v.) şöyle buyurmuştur:

"Fâsık övüldüğü zaman Allah gazap eder." *(İbn Ebi'd-Dünya)*

Övülenin Afetleri:

1- Övülüyorum diyerek kendini beğenmek ve kibirlenmektir. Her ikisi de tehlikelidir.

2- Övülmeye başlayan insan, kendini iyi hisseder ve tembelleşir. Böylece elindekiyle yetinmeye başlar. Kendini beğenen kimse artık daha fazla yorulmak istemez. Daha çok ibadete ve işe sarılan, daha çok kendini eksik ve kusurlu görendir. Ama bir kere dillere düştü mü, kendisini "oldum" zannıyla işini de ibadetini de ihmal etmeye başlar. Bu yüzden Peygamberimiz (s.a.v.) birisi övüldüğü zaman "Adamın boynunu kırdın, onu duysa iflah olmazdı." buyurmuştur.

Zeyyad b. Ebu Müslim övgü için şöyle diyor: "Kim olursa olsun, övüldüğünü duydu mu, şeytan bunu ona hoş gösterir. Ama mümin sonra hemen döner, kendine gelir."

Ancak kişi, öveceği kişinin bu afetlerden uzak olduğuna emin olursa, o zaman övmekte sakınca yoktur. Hatta gerekli de olabilir. Çünkü Peygamberimiz (s.a.v.), Ashab-ı Kiram'ı övmüş ve Ebubekir (r.a.) hakkında şöyle buyurmuştur:

"Eğer Ebubekir'in imanı, bütün âlemin imanı ile tartılsaydı ağır gelirdi."

Hz. Ömer (r.a.) hakkında da şöyle buyurmuştur:

"Ya Ömer, eğer ben gönderilmeseydim, sen peygamber olarak gönderilirdin."

Böyle insanlar için övgü, kibre götürmez. Çünkü onlar kibir ve riyadan uzak insanlardı. Ashab-ı Kiram'ın bir cenazenin ardından giderken:

- İyi bir adamdı, demeleri üzerine Peygamberimiz (s.a.v.) de:

- Allah'ın rahmetini hak etti, buyurdu. *(Buhari ve Müslim)*

Mücahid de şöyle anlatıyor:

"İnsanoğlunun çevresinde birçok melek vardır. Adamın biri, diğerini hayır ile andığı zaman melekler de:

- Allah sana da benzerini versin, derler. Kötülükle andığı zaman ise:

- Ey gizli halleri kapalı olan insan, nefsine dön, kendini düzelt ve kusurlarını gizleyen Allah'a şükreyle, derler."

Övülenin Yapması Gerekenler

Övülen kimse, kibirlenme ve kendini beğenme hastalığına yakalanmaktan ve tembel olmaktan şiddetle sakınmalıdır. Bu hastalıklardan korunmanın yolu, insanın kendini bilmesi ve riyanın inceliklerini ve amellerdeki afetleri anlamasıyla olur. Çünkü insan, başkasının bilemediği, kendisinin birçok kusurundan haberdardır. Eğer kendisini öven bu kusurları bilseydi onu övmekten vazgeçerdi.

Övülenin yapması gereken diğer bir davranış da kendisini öveni "o bilmez, anlamaz" diyerek dikkate almamaktır. Çünkü Peygamberimiz (s.a.v.) bu konuda şöyle buyurmuştur:

"Övenlerin yüzüne toprak saçın, yani onları hor görün." *(Müslim)*

Hz. Ali övüldüğünü duyduğu zaman şöyle derdi:

"Allah'ım, bunların bilmedikleri kusurlarımı bağışla, bunların sözleriyle beni kınama, onların sandıklarından beni daha hayırlı eyle."

Hz. Ömer övüldüğünü duyduğunda ise:

"Nedir, hem beni hem de kendini helâke çalışıyorsun," derdi.

Dilin On Dokuzuncu Afeti:

Sözün Gelişigüzel Söylenmesi, Sözlerdeki Hatalara Dikkat Edilmemesi

Bu afet, özellikle Allah'ın sıfatları ve zatıyla, din işleriyle ilgili konuşmalarda olup ancak büyük âlimlerin işidir. İlmi veya hitabeti az olanın dilde sürçmeleri de çok olur. Ama Allah, bu eksiklikleri cehaletine bağışlar.

Bu konuda Peygamberimiz (s.a.v.) şöyle buyurmaktadır:

"Sizden biriniz konuşurken, Allah'ın dilediği ve senin dilediğin şeklinde konuşmasın. Allah'ın dilediği, sonra da senin dilediğin şeklinde konuşsun." *(Ebu Davud)*

Çünkü "ve" bağlacı, mutlak atıf içindir. Bu ise Allah'ın iradesiyle insanın iradesini eşitliğe getirir anlamı çıkartıyor. Ama "sonra da" diyerek kulun iradesini, Allah'ın iradesinin gerisine koyuyor. Yani kulun dilemesi geride kalıyor.

Adamın biri Peygamberimize (s.a.v.) giderek bazı konular hakkında konuştu. Sonra da "Allah ve sen dilersen" dedi.

Bunun üzerine Peygamberimiz (s.a.v.) şöyle buyurdu:

- Beni Allah'a emsal mi yapıyorsun? Yalnız Allah'ın dilediği de.

Ayrıca Hz. Ömer'in (r.a.) rivayetinde Peygamberimiz (s.a.v.) şöyle buyurmuştur:

"Allah, atalarınız adına yemin etmekten sizi nehyeder. Yemin eden, Allah adına yemin etsin veya sükût etsin." (Buhari ve Müslim)

Yine Peygamberimiz (s.a.v.) şöyle buyurmuştur:

"Fâsık kimseye efendimiz demeyin. Çünkü fâsık efendiniz olursa Rabbinizi gazaplandırmış olursunuz." *(Ebu Davud)*

Bunun gibi; konuşmanın ve dilini tutamamanın pek çok hataları vardır. Bu ana kadar yazılanları düşünen kimse, Peygamberimizin (s.a.v.) "Sükût eden kurtuldu" *(Tirmizi)* hadisini daha iyi anlamış olur.

Çünkü bu afetlerin hepsi tehlikelidir. Bu tehlikeler, konuşan herkesin yolunda bulunur. O yüzden konuşmamak, sükût etmek bu tehlikelerden kurtulmanın tek yoludur.

Dilin Yirminci Afeti:

Halkın Yersiz Soruları

Halkın; Allah'ın sıfatlarından, zatından, kelâmının kadim olup olmadığından sormalarıdır. Halka düşen görev, Kur'an'ın hükümleriyle amel etmektir. Bu gerçekler insanlara ağır gelir ve boş şeyler hoşlarına gider. Halk ilimden dem vurmak ister ve bundan zevk alır. Çünkü böylece şeytan ona bilgiçlik taslatarak faziletli olduğunu hissettirir. Şeytan bunu o kadar süsler ki adam, küfür konularında bile ne dediğinin farkında olamaz. Özellikle Allah'ın zatı ve sıfatlarıyla ilgili konularda. Halkın görevi, ayrıntıya dalmadan Peygamberimizin (s.a.v.) Allah tarafından getirdiklerine inanmak ve ibadetle meşgul olmaktır. İbadet dışındaki konularda soru sormaları edebe terstir. Çünkü aklının ermediği, havsalasının almadığı ve ilim yönünden kavrayamadığı meseleleri sormak doğru değildir. Peygamberimiz (s.a.v.) bu konuda şöyle buyurmaktadır:

"Sizi terk ettiğim şeylerde beni bırakınız (yani konuşmadığım konuları araştırmayınız). Sizden öncekilerin helak olanları, peygamberlerine çok soru sormaları ve peygamberlerine ihtilafları sebebiyledir. Size yasak ettiğim şeylerden kaçınınız, emrettiklerimi de gücünüz yettiği kadar yerine getiriniz." *(Buhari ve Müslim)*

"İnsanların soru sormakta o kadar ileri gideceğinden korkulur ki, hatta 'Mahlûkatı Allah yarattı, ya Allah'ı kim yarattı?' diyecek kadar ileri giderler. Böyle bir soru sordukları zaman, İhlas Sûresi'ni okuyun, sonra biriniz üç kere soluna tükürerek şeytanın şerrinden Allah'a sığınsın." *(Buhari ve Müslim)*

Bu hadislerden de anlaşılacağı gibi bu tür sorular fitneyi uyandırır. Bunlardan uzak durmak lazımdır. Kur'an'ın emirlerini bırakıp da harfleri üzerinde durmak, onlardan bir şeyler çıkarmaya çalışmak, padişahın fermanındaki emirlere uymayıp kâğıdının ve yazısının şekli üzerinde konuşmaya benzer. Bu yüzden halkın bu tür konularda soru sormaları ve konuşmaları da doğru değildir.

Günümüzdeki Dil Afetlerine Örnek Temsil Edebilecek Davranışlar

Boş Sözler Konuşmak:

Günümüzde boş konuşmadığımız bir an bile kalmadı desek yalan söylemiş olmayız heralde. Hatta iş öyle bir çığrından çıktı ki artık boş konuşmak için bir arada, yan yana bulunmaya gerek kalmadan da tüm hızıyla bu iş devam ettirilebiliyor. Akıllı telefonlarla veya "sosyal medya" (aslında asosyal medya) denilen yerde bile boş sözlerle konuşmak mümkün hale gelir oldu. Çünkü günümüzde artık nasıl ki televizyondan canlı yayın yapılabiliyorsa akıllı telefonlar veya bilgisayarlar aracılığıyla da canlı yayınlar yapabilmektedir.

Bu iş güzel bir imkân iken sonraları öyle bir hal aldı ki, kim ne yerse, ne içerse, kiminle ve nerede yiyip içerse onu da artık canlı yayınla herkese anlatma derdine düştü. Öyle ki bu canlı yayın virüsüne yakalanan her kimse, konuştuklarını veya yaptıklarını anlatmaktan kendini alamama zayıflığının pençesinde adeta kıvranıyor. Sanki bunu yapmazsa "eksik olacak, geride kalacak" dürtüsüyle yaşıyor. Maalesef dünyamızda başka bir sıkıntı, başka hiçbir dert yokmuş gibi "bunu hemen canlı yayınla paylaşmalıyım" diyerek kendi nefsini en acınası bir şekilde tatmin etme yolunu denemekten kendini alamama acizliğine düşmüş durumunda.

Oysa bu müthiş teknolojik imkânlar, bu gibi gereksiz konuşmalar yerine ihtiyaç sahibi insanların sıkınıtılarına çare olmak için daha çok kullanılsa daha yerinde olmaz mı?

Uzun Uzadıya Konuşmak:

Büyüklerimiz "çok konuşanın çok hatası olur" demişler. Doğru demişler. Çünkü kısa ve anlaşılır konuşmak ne bizi yorar ne de karşımızdakini. Uzun uzun anlatmak, gereksiz yere kelimelerle konuşmayı uzatmak demek, aynı zamanda ahirette de hesabı uzatmak demek. Ne gerek var ahirette hesabı uzatmaya? Zaten ömrümüz boyunca yaptıklarımızın hesabını vereceğiz. Bir de bunun yanında gereksiz sözlerle doldurduğumuz, düzinelerce ciltler haline getirdiğimiz amel defterimizdeki kelimelerin hesabını nasıl vereceğiz? Kolay mı? Bir düşünün derim ben…

Araştırmalara göre bir insan, günün on yedi saatini uyanık geçirdiğinde günde 15.000 kelime konuşuyor. Bu, insanın bir ayda 450.000 kelime konuşması demek. Bu ise bir yılda 5.400.000 kelime eder. Bir insan ömrünün de ortalama 70-80 yıl olduğunu düşünürsek… 80 yıllık bir ömürde konuşacağı kelime sayısı 432.000.000 kelime yapar. 432.000.000 kelimenin yüzde kaçı gerçekten bir anlam ifade ediyor acaba? 432.000.000 kelimenin hesabı ne kadar bir zaman alır, kim bilir?

Derdinizi ya da söylemek istediğinizi kısa, öz ve net anlatın ki ne kelime hesabınız çok olsun ne de nefesiniz tükensin.

Günah Olan Konuşmalar Yapmak:

Kadınların veya erkeklerin kendi cinsleriyle yaptıkları konuşmaların çoğu bu türdendir. Günümüzdeki televizyon programlarının çoğu, bunları içerik olarak zorla gözümüze gözümüze sokmaktadır. Evlilik programları bir yana, dizilerde de bunlara maalesef yakından tanık olmaktayız. İzlemek yetmiyormuş gibi, doksan dakikadan sonra bir türlü bitmeyen maç yorumları misali, bu programlardaki konuşmaları yorumlamak hiç ama hiç kazançlı bir iş değil. Burada kazanan biri varsa o da şeytanın ta kendisidir.

Zengin ve hayasız insanların günahlarını konuşmak ya da bir akrabasını ya da başka bir tanıdığının edep ve ahlâk dışı davranışlarını konuşmak, insan üzerine çok büyük veballer yüklemektedir. Bunu akıldan çıkarmamakla beraber sevmediğimiz bir olay varsa, ilgili kişiyi herkesin içinde değil, yalnız bir yerde kibarca ve iyiliğini düşünerek uyarmak daha doğru olmaz mı? Bunu yapmak yerine herkesin içinde ilgili kişiyi edep dışı konuşmalara malzeme etmek; öncelikle o kişiye, sonra kendinize, sonra yanınızdakilere ve en sonunda da Rabbinize tabiri caizse hakaret değil mi?

Hayır! Benim Dediğim Doğru, Ohh! İşte Şimdi Mat Oldu

Karşılıklı ilişkilerde yapılan en büyük hatalardan biri de anlaşılamayan konuda kendisinin söylediğinin doğru olduğunda ısrar etmek ve haklı veya haksız bir şekilde üste çıkmak için elinden geleni yapmaktır. Sürekli "mat etme" ya da haklı veya haksız üste çıkma arzusunu taşıyan kimse, bir zaman sonra bunun kendisine ne kadar zarar verdiğini çevresindekileri kaybettiğinde fark eder. Çünkü bir sözde veya davranışta yerli veya yersiz ısrarcı ve inatçı olmak, karşı tarafın incinmesine sebep olabileceği gibi, o davranışın sahibinden uzaklaşmasına, hatta bazen de kin ve nefrete sebep olabilir.

İnsan ilişkilerinde her zaman izlenmesi gereken yol, orta yoldur. Ne haksızlığa maruz kalmalı ne de kimsenin hakkı yenmelidir. Her iki durumda da kaba davranmak yerine akıllıca ve olayı uzatmamak anlaşmanın usülü olmalıdır.

Nedir Bu Herkese Husumet, Hadi Artık, Bu Nefreti Terk Et!

Sokaklar, caddeler, apartmanlar, her yer öyle bir hal aldı ki, -aldık ki- herkes herkese husumetle bakar oldu maalesef. Her şey yolunda gitmeyebilir, hayat düz bir yol değil ki! Nasıl dünya bizi yerçekimiyle kendinde sabit tutuyorsa, konuşurken de yerinde konuşmalı, düşünmeli ve öyle hareket etmeliyiz. Haksız yere sırf bir kıskançlık yüzünden insanın kendisine bu kadar eziyet etmesi hangi akla sığar? Hakkın varsa hakkını haklıca al. Ama hakkın değilse kimseye karşı da boş yere "kıskançlık" besleyerek içinde husumeti biriktirme. Çünkü husumet, insanın psikolojisini, uykularını bile kaçırır.

Güzel konuşup, güzel düşünerek sakin bir hayat yaşamak varken kendini yoğun bir stres durumu olan nefrete ve husumete sokmak yersizdir, abesle iştigaldir. Kendini güzel sözler söylemeye alıştır ki güzel düşünceler de yeniden dirilsin. Özellikle de çocuklara karşı güzel ve umut vaat eden cümleler kurmalı ki kirli düşünce ve duygulardan uzak kalabilsinler.

Yapma Edebiyat, Derdini Anlat!

Bazılarımız bir şey anlatmak isterken lafı öyle döndürür, öyle uzatır ki dakikaların nasıl geçtiğini anlamazsınız. Kişi bunu bazen karşıdakine durumunu iyice anlatabilmek için yaptığını iddia eder. Ama durumunu anlatmak isterken sözü dolambaçlı yollarda dolandırıp durmasının, karşıdakini bunaltabileceğini unutmamak gerekir. Bu yüzden elbette ki damdan düşer gibi söylenmez sözler. Elbette ki bir usul, bir adap olmalı.

Sözler, bir tespihin taneleri gibi sıralı ve yerli yerinde olmalı. Bunun için de acele etmeden ve sonrasını düşünerek konuşmalı ki konuşmanın amacı gerçekleşebilsin ve pişman olacağımız sözler ağzımızdan çıkmış olmasın.

Yüz Kızartıcı Kelimeler Kullanmamak

Kimi insanların dilinin hiç ama hiç edebinin kalmadığına şahit oluyoruz her gün. Özellikle televizyonlardaki programlardan elimize, yüzümüze, dilimize ve sonunda da sözlerimize bulaşan bu yüz kızartıcı kelimelere öyle alışmışız ki artık duyduğumuzda yüzümüz bile kızarmıyor. Hatta bunları kahkaha ile karşılıyoruz. Çocuklarına bunları özellikle öğretmeye çalışarak çok fazla ileri gidenler de var. Çirkin ve edebsiz kelimelerin her yanımızı sardığı yetmiyormuş gibi bir de bunu övünç malzemesiymiş gibi çocuklara öğretmenin ne kadar aşağılanacak bir durum olduğunun nasıl farkında olmazlar, doğrusu şaşkınım!

Unutmamalı; çirkin kelimeler, yüz kızartıcı kelimeler, sonunda çirkin ve yüz kızartıcı davranışları da beraberinde getirir, günün birinde...

Hemen Hemen Bütün Dizilerin Sözü "Lanet Olası!"

Bu kelime çok büyük bir anlamı içinde barındırır. Lanet etmek, Allah'tan uzaklaştırmak, Allah'tan kovulmak anlamına gelmektedir. Unutulmamalıdır ki Allah'tan uzaklaşan bir insan, O'nun rahmetinden kovulan bir insan kime yakın olabilir ki? Olsa bile ne kârı var ki?

Lanet etmek, "su içmek istiyorum" misali basit bir cümleymiş gibi dillerde dolanıyor. Lanet kime söylenirse söylensin içinde büyük bir tehlike vardır. Kimin laneti hak ettiğini en iyi Allah bilir. Lanet edilen kişi bir gün tevbe edebilir ki o zaman da lanet edilenin laneti, lanet edene dönebilir. En iyisi bu kelimeyi kullanmamaktır. En güvenli yol, güzel kelimelerle beraber güzel niyetlerde bulunmaktır.

Şiir ve Şarkı İyi Güzel De... Eğer Güzelse

Şiir ve şarkı konusunda çok keskin ve sert konuşmamakla birlikte insanı isyana ve hataya, yanlışlıklara sürüklememesini, tahrike yol açacak söz ve müziklerden uzak olmasını benimseriz. "Müzik ruhun gıdasıdır" söylemini geçmişte hastalıkların müzikle tedavi edilmesiyle ilişkilendirebilir ve müzik dinlemeyi radikal bir anlayışla reddetmeyebiliriz. Ancak dinlenilen müzik insanda olumsuz duygu, düşünce ve hareketleri çağrıştırmamalı, insanı umutsuzluğa sürüklememelidir.

Şiir de tıpkı bunun gibidir. Kişiye kötü örnek olabilecek kelimelerin kullanılması sakıncalı olabilir. Bu nedenle şiirde de müzikte de ölçü, insanı sürükleyeceği olumlu veya olumsuz duygu, düşünce, hal ve hareketlerdir. Bu sınıra dikkat edilince her ikisinin de sakıncalı olmayacağını düşünüyorum. Ama yine de bu konuda son söz olarak 'En doğrusunu Allah bilir' diyelim.

Hoş Bir Eğlence, Mizah ve Şaka, Sakın Abartma

İnsanları mutlu etmek veya onların iyi hissetmesini sağlamak için çeşitli yollar vardır. Bunlardan biri de şüphesiz mizahtır, şaka yapmaktır. Ancak her şeyin bir sınırı olduğu gibi şakanın da bir sınırı olmalıdır. Kaş yapayım derken göz çıkarılmamalıdır. Şaka yapayım düşüncesiyle yalan söylemek doğru olmadığı gibi bazı şakalar da insanların onurunu kırabilir veya onları incitebilir. Bu açıdan bakıldığında şaka yapılan kişinin aynı zamanda karakterinin, mizacının, huyunun şakaya uygun olması gerekir. Yani yapılan şakanın kişinin özelliklerine uygun ve kendisinin kaldırabileceği nitelikte olması daha doğru olur. Çünkü her insan farklı karakterde özellikleri kendinde barındırmaktadır. Bu yüzden şaka yaparken karşımızdaki kişinin özelliklerini göz önünde bulundurmalıyız.

Ve elbette ki doğru olmayan yalan sözlerden kaçınarak, abartıdan uzak durarak insanların gönlünü hoş edecek şakalar, sözler söylenebilir. Hatta belki de insanların mutsuzluklarını, sıkıntı ve dertlerini bir nebze olsun unutturacak güzel sözler söylenmelidir, ancak bu tür şakalar da abartısız yapılmalıdır.

Alay Edenle Alay Edilir

İnsanın fıtratında binbir türlü huy ve özellik vardır. İyi ve kötü olarak nitelendirilen bu huylardan iyi olanları kullanmak insanın en temel görevi olsa gerek. Ama bazen insan nefsine veya şeytana yenik düşerek kötü huylarını, iyi huylarının önüne geçirebiliyor. Bu kötü huylardan biri de insanların hal, hareket ve durumlarıyla alay etmek, onları küçük görmek, bu durumlarıyla eğlenmektir. Bu kötü huy, hem Kur'an ayetleriyle hem Peygamberimizin (s.a.v.) sözleriyle kesinlikle reddedilmiştir.

Alay edecek kişinin öncelikle şunu bilmesi ve üzerinde düşünmesi gerekir ki aynı durumda kendisi de olabilirdi. Hiçbir durumun, hiçbir halin garantisi yoktur. İnsanların fakirliklerinden dolayı onlarla alay eden kimse, onlara yardımcı olma sorumluluğunda olduğunu unutmamalıdır. Ya da bir insanın bilgisinin az olmasından dolayı onunla alay ediliyorsa, ona da alay ettiği bilgiyi vermesinin bilenin sorumluluğunda olduğunu unutmaması gerekir. Bugün ondaysa yarın sende olabilir. Bu yüzden insanların hiçbir durum, düşünce ya da hal ve hareketleriyle alay edilmemeli ve hiç kimse küçük görülmemelidir. Sözün kısası, güzel atalarımızın dediği gibi: "Gülme komşuna, gelir başına."

Sır Tutmamak (Tutamamak)

Günümüzde sadece kadınların değil, erkeklerin de kötü alışkanlıklarından biri olan "sır tutamamak" çok yanlış bir davranış olarak her gün hayatımızı olumsuz olarak etkiliyor. Birine bir şey sır olarak verildiğinde o sır, ona emanet edilmiş bir eşya gibi saklanmalıdır. Eğer ki saklanamayacaksa sır verilen kişi "bana sır verme" demelidir. Bunun örnekleri bulunmaktadır. Sır tutamayacağını düşünen bazı insanlar, kendilerine sır verilmesini istemezler. Ama maalesef buna rağmen sır tutamayanlarla etrafımız dolup taşmıştır. Öyle ki değil başkasının sırrını, en sevdiği eşinin, can parçası annesinin, babasının sırrını bile taşımaktan aciz duruma gelmiş insanlar var. Bu da biz insanların bir acziyeti, zayıflığı oldu.

Sır tutamamaktan kurtulmanın en etkili yolu, kendisine sır verilen kişinin kendini, o kişinin yerine koymasıdır. Yani empati yapmasıdır. Eğer ki aynı durumda kendisi olsaydı ve sırrı herkes tarafından bilinseydi acaba ne düşünürdü? Bunu aklından çıkarmazsa ve belki biraz da nefsiyle savaşırsa sır tutmayı başarabilir ve bu sorumluluğun hakkını yerine getirebilir.

Yalan Söylemek, Yalan Yere Yemin Etmek ve Yalan Yere Söz Vermek

Hem yalan söylemek hem yalan yere yemin etmek ve hem de yalan yere söz vermek büyük yalanlardan sayılmıştır. Üstelik Peygamberimiz (s.a.v.) müminde her türlü özelliğin olabileceğini ancak yalan söylemenin olamayacağını buyurmuştur. Çünkü yalan, yalnız bir kişiyi ilgilendirmez. Yalan, bütün toplumu ilgilendirir. Toplum içindeki insanların birbiriyleriyle olan ilişkilerini etkiler, zedeler ve bazen de büyük zararlar verir. Bu yüzden yalan söylemek, yalan yere yemin etmek ve yalan yere söz vermek yasaklanmıştır. Öyle ki çocuklara verilen sözlerin bile tutulması kesinlikle istenmiştir. Çocuklara verilen sözlerin tutulmaması da yalan sayılmıştır.

Yalan, yalandır. Rengi yoktur. Yani "pembe yalan" diye tabir edilen ve hafife alınan ciddiyetsiz sözler de yalan sayılmıştır. Yalanın büyüğü küçüğü olmadığı gibi pembesi moru gibi rengi de yoktur. Yalan, yalandır ve çok kötüdür. Bu sebepten dolayı sadece üç yerde yalan söylemeye izin verilmiş; savaşta, karı koca arasını hoş etmek ve iki kişi arasını düzeltmek için yalan söylemek caiz sayılmıştır.

Gıybet Etmek ve Söz Taşımak

Gıybet etmek ve söz taşımak her ne kadar birbirine benzese de dilin işlediği iki farklı günahtır. İkisi de pek çok günahtan daha büyüktür. Çünkü bu ikisi de toplumun huzurunu ilgilendiren davranışlardır. İnsanların büyük çoğunluğunun işlediği en belirgin günahlardan olmakla beraber çok iğrenç ve çok kötü sayılan bir günahtır. Öyle ki gıybet "leş eti" yemeye benzetilerek onunla eş tutulmuştur. İnsanlar leş eti yemezler, ancak hayvanlar yer! Düşünün ki gıybet eden nasıl bir duruma düşürülüyor! Bu kadar kötülenen ve aşağılanan bir durum. Bu duruma düşmemek için çok dikkatli olmak gerekiyor. Aklına, ağzına her geleni söylememek, gıybet olup olmadığını durup düşünmek herkesin bu konudaki en büyük sorumluluğu oluyor.

Toplumun huzuru, insanların arasındaki huzura ve dayanışmaya bağlıdır. Bu işbirliğini ve beraberliği koparmanın yolu, toplumu bölmek ve parçalamaktır. Bunu yapmak da insanların arasını bozmakla gerçekleşir. İnsanların arasını bozan ve topluma en büyük zararı veren de insanların dillleriyle yaptıkları yanlış konuşmalardır. Bu yüzden insan nasıl ki dünyada yeni bir iş kurarken bir sürü kişiye danışıp, bir sürü fizibilite etüdü yapıp zarar mı, kâr mı edeceğini düşünürken, sonsuz hayatına da zararla mı, kârla mı gideceğini iyi düşünerek, konuşmalarını ona göre hesaplayarak yapmalıdır.

İMAM GAZALİ
DİL BELASI
"Dil, insanın kalbinin aynasıdır; ne varsa kalbinde dilinden o çıkar."
Hüccetü'l İslâm İMAM GAZALİ
AİLE TERBİYESİ
"Ey iman edenler! Kendinizi ve aile fertlerinizi ateşten koruyun." (Tahrim, 6)
Hüccetü'l İslâm İMAM GAZALİ
ÇOCUK TERBİYESİ
Hüccetü'l İslâm İMAM GAZALİ
GENÇLERE ÖĞÜTLER
"Ey oğul! Nasihat söylemek kolaydır; dinlemek zordur."
Hüccetü'l İslâm İMAM GAZALİ
İHYÂU ULÛMİ'D-DİN'den HİKAYELER
Hüccetü'l İslâm İMAM GAZALİ
KALP TERBİYESİ
"Kalp, insanın en değerli cevheridir; temizlenmezse, kir aklın bile gözünü bağlar."
Hüccetü'l İslâm İMAM GAZALİ
KURTARICI AMELLER
Hüccetü'l İslâm İMAM GAZALİ
NEFİS TERBİYESİ
"Kim nefsini bilirse, Rabbini bilir."
Hüccetü'l İslâm İMAM GAZALİ
ÖLÜM VE ÖTESİ
Hüccetü'l İslâm İMAM GAZALİ
SIRLI DUALAR VE ZİKİRLER